叢書・ウニベルシタス　1175

詩の畝

フィリップ・ベックを読みながら

ジャック・ランシエール
髙山花子 訳

法政大学出版局

詩の畝——フィリップ・ベックを読みながら◉目次

凡例

一 本書はJacques Rancière, *Le sillon du poème: En lisant Philippe Beck*, Nous, 2016の全訳である。
二 傍点は原書の強調イタリック。
三 『 』は原書の作品名イタリック。
四 「 」は原書の引用符。
五 ( )は原書に準じる。また原語を挿入する際に使用している。
六 〔 〕は訳者による補足。
七 [……]は中略。
八 〈 〉は原書の大文字ではじまる単語。

はしがき

この本のタイトルと副題には、手短な説明がいります。読者はここに、誰か個別の詩人に応用可能なポエジーの概論を見つけることはないでしょう。ポエジーという言葉は、わたしにとっては、言語《ラング》の実践と思考の形象《フィギュール》のあいだの結び目を意味しています。今回、わたしは、これまでの著書でそうだったように、この結び目の特異なかたちに心を惹かれました。わたしはフィリップ・ベックからの誘いを受けて、興味を持つようになりました。最初は二〇〇二年に彼に捧げられた雑誌『特別なもの（*Il particolare*）』特別号のためでした。二度目は二〇一三年、スリジーで彼の詩の仕事について議論するコロックのためでした。この依頼に応えることは、まずもって、今日のある種のポエジーの実践の挑発に応答することでした。そのためには、この実践の諸々の単独性《かけがえのなさ》に潜り込んでゆく必要があり、わたしはまず「超越論的な屠牛儀式《ブフォニア》（bouphonie transcendantale）」という看板をかかげて、彼の言語を手はじめとして、取り組みました。シラー、シュレーゲル、そしてヘーゲルの時代へと遡る、ポエジーについてのひとつの問い——すなわち以後《アプレ》のポエジーをどのように考えることができるだろうか？　という問いの畝（sillon）に、この屠牛儀式《ブフォニア》を刻みこむよりも前に。ポエジーが生そのものに固有の詩性によって育《はぐく》まれていた、現実的な時代と言いましょうか、神話的な時代と言いましょうか、あの時代の以後《アプレ》のポエジー。しかしそれはまた、ポエジー以前に制作された詩を書き直し、変形させ、失われたジャンルを再び生き生きとさせ、民話の散文、さらには詩を注釈する散文さえも詩にするポエジーでした。そのような考察は、たんに詩を研究《エチュード》の対象として捉えることで進めてゆけるものではありません。また、とりわけ詩人が彼自身、哲学者でもあり詩技術者でもあるとき、対話は、こうした詩が制作しようとしていること、そして詩を支えるポエジーの観念に腰を据えることを必要とします。そのようなわけで、わたしの二つの分析《エチュード》には、二つのディスカッションが付随しています。最初のディスカッションは、わたしのスリジーでの発表後に、口頭で行われたものです。二つ目のディスカッションは、最初のときの争点を考察することに時間をかけて、フィリップ・ベックと書面で交わしたものです。たとえフィリップ・ベックについてのこの本に、わたしひとりの名前しか著者として記されていないにしても、言うまでもなく、もちろんこの本は対話になっており、この対話で、ベックはポエジーの実践と思考についての自分自身の考察を差し出してくれました。

超越論的な屠牛儀式《ブフォニア》についてのノート

自然《ナチュール》は生起するのだということは理解されている。問題なのは、そこにいま付け加えることが可能なもの、あるいは不可能なものが、じつのところまだわかっていないことである。木材と機関車は、量《かさ》の減少《ルプリ》を禁じるかもしれないが、詩には関係しないだろうと言われている。しかし、シュヴィッタースのカンバス上の樹皮、金属のディスク、詩の断片のように、(訳注1)シベリア鉄道とフランスの少女は、ブレーズ・サンドラールとソニア・ドローネーの詩／絵画の伸ばされた《デプリエ》表面に安らいだ様子でとどまっている。(訳注2)したがってマラルメの定式を正確にする必要がある。(訳注3)いまやどのような自然をポエジーは奪われているのか、そしてその欠陥に対して来たるべきものとはなにかを知る必要がある。頭髪の広がり《デプリ》、額縁の金色、シャンデリアの水晶ガラスは、もちろんいつだって姿を消した太陽の代わりになれるのであって、樹々、鳥たち、そして源については言うまでもない——このおかげでわたしたちは映画の音ネガを信頼することができる。しかし生起した自然については、シラー以来知られていることだが、話は別である。すなわち稜線、石切場の大理石、彫刻を施された神々、重装歩兵の勇気、そして歌われた詩に共通するあり方としての手法《マニエール》としての自然。つまり文化としての自然、自然としての文化、ただ回顧しかそれを存在せしめないほどに失われている、ある場所、ある時代、そしてある民族の素地に沿って裁ち切られた詩のあの仮構された《ファブュリュー》過去。シラーが素朴なポエジーという名のもとに要約し、(訳注4)そしてヘーゲルが叙事詩世界に布置しているもの。ひとがもはや模倣しないもの——そもそもかつて書物のページ上でそれが模倣されたことがあるだろうか？——、それはもはや空の青ではなく川の流れのざわめきではない。それは原初の生産、生の息吹、共同体の本来的ありかた（*ethos*）としての自然である。

現在の〈叙事詩作家〉さえ、
それを夢見
まさにそれを望み、
時代の気分を
バイオリンで弾く（*violonne*）
文化のように
働こうとつとめている(1)

violonnerとは、ご存知のように、下手なバイオリン弾きがすることであり、バイオリニストと混同してはならない。以後《アプレ》のポエジー——シラーいわく情感的《センチメンタル》なポエジー、シラーは大量の来たるべきすべてのもののために精確な名前をわたしたちに発明してくれた——、原初の歌の代わりのもの。いかなる雄山羊の犠牲も、季節と祝祭と等価の悲劇をつくることなどできない。

湿潤な国々で雄山羊に代わる牛（bœuf）は、詩行の畝と耕地の畝の分離を寓意的にする。下手なバイオリン弾きは、素材《マチエール》として、そして教示法として歌曲《エール》を持っており、情感的な芸術家は言葉と章句と詩を持っている。自然、さらには鉄道にくわえて、情感的な芸術家は決定的にそこに存在しており、自分自身に固有の緻密さを持っており、それが樹々の幹、鉄道の枕木を場合によっては余計なものにする。マラルメにおいては、『栄光』がそのことを示している。（訳注5）『栄光』はただパリ－フォンテーヌブロー――含まれた秋の葉叢――を含みもつだけでなく、連想によって、道路に張り出したローマ街の鉄柵と、マネによって描かれた少女の髪に混ざりあう列車の煙も含みもっている。

それこそが「教訓的ポエジー（poésie didactique）」が意味しうるものであり、この言葉、この観念をこそ、フィリップ・ベックはシュレーゲル兄弟から借り受けに行ったのである。シュレーゲル兄弟は矛盾したことに、啓蒙の時代が〔ウェルギリウスの〕『農耕詩』を技術と近代経済の時代に位置づけたいと大いに望んだがゆえに『農耕詩』を決定的に糾弾したように思われたときに、『農耕詩』を再評価することを望んでいた。新たな教訓的ポエジーは、もはや非識字者への農学教示法を韻文にする技術ではありえない。新たな教訓的ポエジーは別のしかたで「書かない人民のための心配り（2）」を理解する必要がある。すなわち言葉の厚みと章句の濃密さのために分有された敬意として理解する必要がある。教訓的ポエジーは、もはや物事についての教えの韻律化を意味はせず、詩による詩人の教育を意味する。ポエジーは、それ以後、文学と呼ばれる。すなわち生というもの（*la vie*）ではなく、「真の生」ですらない、いくらかの生（*de la vie*）の文学である。しかしそれはまた、主題についての霊感も書物についての規則も、特定の尺度によって配置することのない語と章句でもある。「詩人たち（pohètes）」（訳注6）は、彼らよりもずっとよく匿名の生の新たな詩について理解している小説家――フローベール――に嘲笑され、みずからの喪をなさなければならなくなる。そしてまもなく、詩人たち（poëtes）さえもが、かつては彼らに王冠をかぶせていた語彙論研究者によって、陰険にもその冠を剝奪され、みずからの喪をなさなければならなくなる。すなわち、「自然に詩的な」ものなどもはやなにもないのである。そのようなわけで哲学――「自然にはなにも詩的ではないときに詩人たる芸術」(3)――は、混ぜあわせられなければならない。すなわち、カントやフィヒテ、シェリングが夢中になった何人かの過去の詩人をとおして――あるいは、シラー、ヘルダーリン、リルケ、そしてマラルメだけでなく、あまりもっともらしくはないプーシキン、レオパルディ、パヴェーゼ、あるいはラ・フォンテーヌにも学んだであろう現代の何人かの哲学者をとおして、混ぜあわせられなければならない。「超越論的な観念論」は旗印だったのであり、その下で、ポエジーが哲学者を感性的《サンシブル》にし、そして人民を理性的《ラシオナル》にしなければならなかったときに最初の婚姻が結ばれた。「超越論的な屠牛儀式《ブフォニア》」とは、今日の詩人‐哲学者によって、こだま《エコー》に鋳込められた概念である。すなわちそれは響きあっ《エコーし》ているのであるが、と同時に対立している。牛はある方向へと、ついで別の方向へと進むようにと強いられた動物であるだけではなく、バベル主義的な逐語に、〈観念〉が牛を開放しなければならなかったあの犁の骨折り仕事に、ポエジーが立ち返るよう促すからだ。この表現はまた、経験的牛と超越論的牛のあいだの分離、いかなる牧草地も保証しない詩の哲学的仕掛けも意味しているのであり、それはテクストの生以外のいかなる詩的生の表現でもない。

（微笑んでいる人間は花ではない、
そして彼の花への愛は開花しない、
彼はそこにいる。）そこから〈牛耕節《ブストロフ》〉(訳注7)がやってくる。(4)

もはや自然に詩的であるものはなにもない。そこから次のように推論したひとたちもいる。みずからの生誕についての新たな言葉を事物へと返すために、あるいは賢者と人民とが分離することなく、未来の制作者がわたしたちを記憶なき大きな穴に陥れることがないように、どう考えても必要な神話を目覚めさせるためには、失われた源へと遡り、死者の河を再び渡る必要があるのと。その点にかんしてはマルテ・ラウリス・ブリッゲ(訳注8)と対話するようにレウコとの対話〔訳注9〕にとどまるのはよい。しかしオルフェウス教は、他のところからやってくる力能によって、つまり上方のよく響く力能あるいは下方の黙った力能によって、言葉が保証されることを望むべく、言語の大胆さによって詩の活力を養う、なにかポルトー゠フォワンの郷愁的でボヘミアン的な社会学者へと聖職者をついには変える。(5)『レ・ミゼラブル』以来の死者の河の新たな名前は、〈偉大な〉蒐集家である。そして新たなオルフェウスは、最終的には言語にその明るさを返そうとする「脱多義構文学者」あるいは社会の医師の共犯になる。彼らにとって、

精神の健康は
探知技術に依存する
仮構的なものの下にある凡庸なものに。(6)

この医学の方向で終わる〈存在〉の伝説はない。文学の時代に、章句が圧縮し、詩が巧みに引き寄せる力は、天上からも地上からもやってはこない。そうした力は、そこから他の言葉を呼び込み、変容するがままとなり、他の言葉によって歪曲されるがままとなる言葉と同じ高さで展開してゆく。ひとびとが白鯨の襲撃にふたたび出発するナンタケットはない。サンザシは友人の名前に含まれたままである。〔訳注10〕ポエジーの空間、それは詩の言葉と章句の、詩についての言

葉と章句の果てしのないテーブルクロスなのである。

出発点は
非人称的な〈袋〉であって
彼の無罪を証明するための
店舗の奥の部屋はそこにはない。(7)

いつの黄金時代かはわからないが、サロンでの感じのよい議論で理性的な公共意見の堅牢さが生み出された黄金時代の、泣き言をいう人たちに告げ口された自己目的主義とはなんの関係もない。詩について話す詩、それは、同じものに対する同じものの神秘的な関係ではなく、反対に、用語それぞれの他者への生成変化なのである。言語作用《ランガージュ》は道具であり素材である。素材は道具であり、道具は素材である。こうした変質に適した言葉の宇宙、それはナルキッソスの鏡ではなく非人称的なテーブルクロスなのであって、そこでは異邦の意味が適応し、本来の意味が非適応化されている。

というのも

刺激的で興奮しやすい身体は
異邦風に人称的なのだから(8)。

この際限ない拡張の実地で「異邦風に人称的な（étrangèrement personnel）」詩に固有の武器、それは収縮である。すなわちシュレーゲルのちいさなハリネズミである(訳注11)。彼は世界を要約するために丸くなっており、自分を守るためだけではまったくなく、アリアドネの糸玉、あるいは誰か見つめられた通行人の服の尾につきまとう金粉の糸くずのすべてを、通りがかりに寄せ集めるために針を逆立てている。彼の武器は、言葉と章句の鍛冶屋、行の傾斜、意味の横滑りであり、それらが書かれた全体《マス》を道具化し、そこから機知に富んだ言葉のきらめきをほとばしらせる。そして休眠状態の言葉に新たなエネルギーをあたえ、他者を捕らえ、新たな明るさあるいは暗さに取り戻させる、いままでにはない能力をあたえる。わたしたちが読んだ言葉がなにを話しているのかを言う言葉を発明すること、それらについてひとが書いた言葉を発明すること、わたしたちを作った言葉を発明すること、それが自然以後のポエジーの仕事である。言葉のレモンを絞るには二つの手法がある。まずは章句の華やかさ《ポンプ》の下にある意味作用、配置、意義の凡庸さを見つける手法である。もうひとつは反対に、衒学的だったり邪険だったりする社交界の凡庸さに、その仮構的な潜勢力、すなわち魔法と教育法の潜勢力を回復させる手法である。

言葉のレモンをよく絞ること、それは固有名詞を、それらを隠喩化するものによって置き換えることを意味しうる。たとえば飲酒癖に抵抗する美徳を彼自身はもっているポール・アブサンによってポール・ヴェルレーヌを置き換えることである。ご存知のように、言葉は吠えないのとおなじく飲まないのであって、さもなくば詩の贖いは存在するまい。しかし言葉のレモンをよく絞るとは、いまいましいS・Mに対立させられたP・Vという非人称化している頭文字にまで、おなじ名前をやせ細らせることもまた意味しうる。にもかかわらずこうした減算に捧げる以上に、フィリップ・ベックのポエジーは、あらゆる実詞によって仮構的言語の動物たちを創り出す力能を表現させる派生とは逆の操作に捧げられている。すなわち実現されるべき行為動詞である。お人好しにする（bonhommer）、泉化する（fontaniser）、再び濃くする（redenser）、脱－ツグミ化する（démerler）、脱－オルフェウス化する（désorphiquer）、あるいは意味論－メロディ化する（sémantico-mélodier）。存在するためのよい方法を指し示す副詞。ただたんに神経質であるのではなく、〈動物相的に[訳注12]（FAUNIQUEMENT）〉——あるいは音声的に——神経質であること。配置を定めたり（ランソンの不正は詩造可能なものである）、あるいは配置に新たな資格を与える（度重なる攻撃者レッテ[訳注13]はまちがいなく攻撃者的（attaquif）と呼ばれるべきである）形容詞。言葉の世界に新たな存在を描き入れる実詞（仕事をする人（le travailloir）、非人称者たち（les impersonnes））。

「漠然とした下書き」――ペネロペの織布――とユーモアのある「師団の通貨（monnaie divisionnaire)」のように、徹底的な収縮と果てしのない拡張がともに進んでゆく。詩の素材と教育であるポエム・オブジェ、それはあらゆる花束に不在のものの精髄へと連れ戻された詩ではない。それは反対に、みずからの諸状態の乗法のなかにある詩なのである。すなわち、膨張させられ、比較校訂され、注釈され、解釈され、パロディ化された詩である。以上が超越論的な屠牛儀式《ブフォニア》の原則から引き出される結果であり、それはまた〔モリエール『町人貴族』の〕ジュルダン氏の先生を認めない。「韻文でもなく散文でもないもの」[訳注14]はもはや無知な人のでたらめではない。それはおそらくは近代詩の法則であり、にもかかわらず象徴主義の時代の「音楽的な」夢想からはよく距離をおいた手法で理解されなければならない。それは太古の韻文を台無しにする魂の音楽の新たな親密さではなく、反対に、誰しもが書いていながら誰も書いてはいない詩の非人称性なのである。

〔…〕永遠の位相のもとでは
なにも詩句ではない。
穿つ
身体の解釈の

歴史に転回（versure）は属している。(9)

ひとは結局のところ畝の水平性に沿うかたちでしかけっして掘り下げない。そしてマラルメの畝、それは——凍りついた湖、ptyx〔-ixの韻を踏むためのマラルメの造語〕あるいは生き生きとした雲（vive nue）〔「小屋掛芝居長広舌」のソネより〕とまったくおなじように——話し言葉《パロール》の上にたちまち注ぎ込んだ話し言葉《パロール》の総体《マス》なのである。詩人の存命中に、フランスの言語と大地に書かれた注釈だけでも、ベルトラン・マルシャルとともに数えれば緊密な四五〇頁がある。「人言《うわさ》は仮構的である」。ポエジーは自分の上に、自分自身に対して守られた話し言葉《パロール》のなかに種を蒔く。そこにこそ、記号学の練習《エグゼルシス》ではなく寓話としての詩的形式を収縮させるための詩的素材を探しにゆかなければならない。マラルメの目録調査者たちの選集は実際のところは、

ある時代を製造する
獣たちについての
寓話の歴史(10)

なのだ。

ヘーゲルは精神の動物的な支配と言った。かつてあったポエジー、梟の羽ばたきは、それ以後、反芻動物の仕事とは比べものにならないと信じたり、あるいは信じるふりをする哲学者の厳しさは知られている〔『法哲学』序文〕。周知のように、ヘーゲルがとりわけ拒絶したのは、詩が「詩的な自然」と縁を切るどころか反対に、ありそうもない凝縮へともたらされた果てしなき拡張の領域たるようなことである。彼に対してはシュレーゲル兄弟が正しいと言う必要がある。すなわち現代のコミュニケーションは過去の詩と対立しない。そしてポエジーがなおも時事問題であるならば、それは種族の言葉にいっそう純粋な意味をあたえるためではなく、種族のなかに、新たな結合と軋轢の言葉を創り出すためなのである。

言葉は社会を制作し、この社会は新たな「教訓詩」を喜ぶ、社会はみずからを産出する教育を新たに教えられることを喜ぶ。社会が産出する教育についての社会の教育、それはえてして寓話と呼ばれる。そして寓話のモードでこそフィリップ・ベックは「精神の動物的な支配」についてわたしたちに語るのである。時代の性格を代表していたセミ、ハエ、ネコ、イイズナの代わりに、フィリップ・ベックは新たな人物たち、この言葉の社会の実現に尽力する人物たちを用いる。目録調査員、解説者、水脈師、くすぐり屋、謎かけ屋、新聞屋、非多義構文学者、インク節約家、時事を気に掛ける人、そしてそのほかの知的動物たち。こうした肩書きはおそらくジュール・ルナールよりはエリアス・カネッティを想起させ、人間的情熱の代理人よりもむしろ言葉への態度を指し示す。というのも「寓話」とはまさに、たんなる動物たちの話ではなく、言語作用の観念を現実化する、言語作用の実践を意味するからである。寓話はある別のことを言うためにあることを述べる手法である。しかしそれはまた、別のことの痕跡のなかではじまるエクリチュールでもある。寓話はえてして、だれか、よりいっそう太古の寓話作家によって翻訳されたものとして姿を見せる。今日において泉化＝ラ・フォンテーヌ化するとはつまりこういうことである。聖なる流れの源へ遡ってゆくかわりに、固有名から出発して動詞を創り出し、注がれた水の具体的な含意をこの固有名に取り戻すだけでなくまた、すべての自然泉あるいは人工泉にみずからの固有名の美徳を回復させる派生なのである。

それは、

（想像上の木に止まった）
慣れた夢に不在のもの(11)

を配置する凝縮の仕事である。それはカラスの代わりにマラルメを置き、彼自身をポーからラ・フォンテーヌへと送り、ptyxの代わりにチーズを置き、そしてマラルメがしつらえた聖なる白のなかに創意工夫に富んだヴィゼヴァ(訳注15)、つっけんどんなアドルフ・レッテあるいは衒学的なブリュンティエール(訳注16)から拡張された散文――あるいはむしろ彼らの発言のそれぞれが霊感を吹き込んでいる「応答」を置くのである。こうした応答は――たとえそれらがあらゆる多彩な心遣いを拒むのだとしても――めったに反論しない。もっと頻繁にそうした応答は駄弁家の類型を単独化《かけがえなく》することを面白がるのだが、同時に、駄弁家を非単独化《かえのきくものに》することを、彼らの章句を壊すことを、彼らの言葉を分解することを面白がるのであり、結果として言葉はそれ以後、厳かなものであれ、さもしいものであれ、誰かれが詩人のなかの王子にインクを費やすもっともな理由についてはもはや話さなくなり、みずからのなかに自分の姿を映すのではなく共通の歴史を素描するエクリチュールの仕事そのものについて話すようになる。あざむかれてはいけない。それぞれの言葉からそのすべての潜在性を引き出す「機知に富んだ言葉」の詩学は、ストーブの煙突(yau-de-poêle)(訳注17)効果とはまったく関係ない。おそらく言語の織物の全体は、そのたびごとに、ひっかけられた最初の編み目と一緒にやってくる可能性がある。しかし詩の仕事とは、移動の身振りがもたらす無制限の豊かさをまさに放棄することにある。ある無限性に対して別の無限性によって反論することなのである。すなわち無限の収縮として、ハリネズミ−詩を単独化《かけがえなく》するのにふさわしい、必要十分な凝縮の身振りによって、音と意味の近接性がもたらす連想の無限性である。言葉の自由なダンスに抗する形式の〈濃密さ《ル・ダンス》〉。それぞれの魂の音楽に割かれたポエジーの「大道芝居小屋の冷やかし」に対する韻文の二番を引きあいに出しながら、マラルメは「ひとつの規則性が残るだろう」と言った。もはやそこまで流行ってはいないその音楽は、むしろ、牛耕節《ブストロフ》の二番によって、必要十分な派生の原理を課すその反対物に、普遍的な話の飛躍に、対抗する。「普遍的で前進的なポエジー（poésie progressive universelle）」は狂った記号表現《シニフィアン》の眩暈ではなく、ひとが歴史と呼ぶものの織り目を構成する言葉の上に言葉をのしかからせる仕事を区切る技術《アート》なのである。フィリップ・ベックのポエジーの足踏みは、マラルメのすらりとした畝の周りに穿たれた重々しい畝々をさらに掘り下げており、ジャン゠リュック・ゴダールが、映画のシーンあるいはある時代の今日性《アクチュアリテ》を迎えにゆくために、執拗にジロドゥー、ヘルマン・ブロッホ、あるいはエリー・ホール（訳注18）から借り受けたいくつかの章句を放つことによって描く無限のアラベスクとおなじく、根拠のないものではない。フィリップ・ベックのポエジーの足踏みはまた、ジャン゠マリー・ストローブとダニエル・ユイレが、エリオ・ヴィットリーニ（訳注19）の散文に共通の力能を証明する能力をあたえるためにもたらした「作詩法」と異質ではないのかもしれない。自然の彼方で生起するものはたしかに歴史と呼ばれる。そして歴史は愚か者のせいでしか終わらない。牛耕節《ブストロフ》の往復の歴史を学んだ者は、純血の雌馬、雄牛、狼男、そしてパヴェーゼの野獣との対話を再開できる。

ポエジーから詩へ

フィリップ・ベックのポエジーについて話すことは、まずもってわたしにとっては「フィリップ・ベックのポエジー」というこの句のなかの単独的《かけがえのない》なものについて話すことです。散髪をするから「理髪師」と呼ばれるように、詩を制作するから詩人と呼ばれるひとたちはいます。しかし、ポエジーの本質の遂行として自分の詩の製造を定めるために、詩人の姿勢を、つまり完遂すべきポエジーの使命をめぐる意識に結ばれた詩的計画を引き受けているために詩人と呼ばれるひとたちもいます。さて、かたやフィリップ・ベックを二種類目に分類することはできます。彼は詩を書くだけにはとどまらず、詩人の姿勢をたもち、詩的計画をみずからにあたえています。彼のもとにはそれじたいに自覚的な「使命《ミッション》」をめぐるあらゆる真剣さがあり、それが表現されています。しかし他方で、宣教師的《ミッショネール》とも言いうる、ポエジーについてのこの意識とこの実践は、ベックにおいて、こうした前提が期待させるものとはまるで反対のある形象《フィギュール》、つまり霊感を受けた詩人の神託的な形象《フィギュール》、「存在の羊飼い」、死者たちとの対話者、名づけられないものに立ち向かう人といったものとは反対の形象《フィギュール》へとわたしたちを導いています。フィリップ・ベックがポエジーと真理のあいだに執着しているのならば、わたしにはこの真理があらゆる語源核と反対側にあると思われるのです。すなわち、言葉のなんらかの最初の意味を生き返らせることによってひとが再発見するかもしれない起源の話し言葉《パロール》への回帰はありません。最初に摘みとられたもの、あるいは集められたものたちにまで送還されるような言《ロゴス》はありません。

まったくの反対で、フィリップ・ベックは、ポンプ、鍛冶屋、蒸気機関、脱水機、そのほかの平凡《ありきたり》な道具にかんするものであるポエジーについてわたしたちに話すのを好むのです。彼のポエジーがまさしく定式の探求であるならば、この定式は始源の話し言葉《パロール》の側には見つからず、まったく逆に、風変わりな言葉、技術用語、英語からの借用語、(多かれ少なかれ粗野な)造語、そしてまた気の利いた言葉、場合によっては(通常理解される意味での)悪趣味な気の利いた言葉の側にあるのです――神の御言葉にかんして実行されており、こうした「悪趣味な気の利いた言葉」のなかでもっとも糾弾すべきものは、「〈人称代名詞〉」の文法的なその機能において神の御言葉を世俗化しています。これについては『民謡《ポピュラー・ソング》』のなかにある「扉」と題された歌を参照してください[12]。これはグリム兄弟の「天国の仕立て屋」の「再構築」です。ちいさな仕立て屋は、天国の扉から入ったのですが、そこで〈人称代名詞〉が不在をもっているとその目でたしかめる――不在であるのではなくて不在をもっているのです。皮肉は、詩人が括弧に入れている極めて「詩的」ではない注釈によってなおも支えられています。「(彼はミスマッチを制作しているのだろうか?)[13]」。それにもかかわらず「神の死」と名づけられた大事件のもっともラディカルに嘲弄的な定式!

そのようにして「散文」は、フィリップ・ベックの詩的使命の中心にあります。しかしこの主題には一言必要です。ここでは、きのうも「散文1」と「散文2」のあいだにある差異についてわたしたちはたくさん話しました。わたしとしては、フィリップ・ベックのポエジーと思考の内部で定義された意味でこの用語を受け取りはしません。わたしにとって、散文の問いとは、話すための手法としての散文、ジュルダン氏の散文（「ニコル、わたしのスリッパを持ってきて」）と、ある種の時代《エポック》の超越論的なものとして、ジュルダン氏が王であるかもしれない世界を描写するための「散文の君臨」について話すときのように、そこから話し言葉《パロール》が底へと広がる大きな地平として理解されている散文とのあいだの偏差にあります。わたしにとって、フィリップ・ベックのポエジーの理論的‐歴史的な焦点は、素朴なものと情感的なものとのあいだにシラーがなした断絶において探されるべきものです。すなわち素朴な統一――つまりは内部の自然と外部の自然、自然と文化、そして詩的機能と分有された慣習の世界で確かなものとされている倫理的機能との統一を失ったポエジーの状況において探されるべきものなのです。ご存知のように情感的なポエジーは、素朴なポエジーという観念そのものが示唆するものをそうはいっても拒絶できないのですが、みずからがポエジーを制作することを知っているポエジーなのです。すなわちポエジーに先行する詩学があってはじめてポエジーは存在するのです。これはシラーの考察の中心にある大きな問題で、そのうえこれがノヴァーリス（事物そのものにおいて現前するエクリチュール）、シュレーゲル（前進的で普遍的なポエジー）、ヘーゲル（芸術の終焉の理論化）における多様な形式のもとで産み出したものをわたしたちが知っているものであり、存在感がフィリップ・ベックにおいては執拗なものとなっているあらゆる参照項です。

わたしは自分で読んで理解しているところのフィリップ・ベックにおける散文の問いを位置づけるためにこの枠組みを提出しています。お望みであれば、わたしのフィリップ・ベックと言ってよいでしょう。この問題は、いくぶんか俗悪化したヘーゲル主義の定式化にもとづいて、どのように散文世界《ありきたりの》でなおも詩的でありえるのかを知ることではありません（これは十九世紀につきまとう大きな問いです。「どのようにして、皆が着ていた黒服をまとった彫刻を制作できるのだろうか」など）。思うに、問いはそこにはありません。フィリップ・ベックにおいて、詩的使命は、神聖化されたあらゆる郷愁から切り離されており、会話の秩序に属するものであると明言されています。わたしはここで、暗示的なかたちで、フィリップ・ベックが自分に寛大にも教えてくれた未公開テクストを参照することにします――その寛大さをないがしろにしないようにつとめます。『あるボワローに抗して』において言われているのは、ポエジーにおいては、ひとりのひとが他のひとびとに話しているということです。(14) 他のひとびとに話すこのひとのことを、わたしたちは――シラー風に言うと――来たるべき人類のために話していると言えるでしょうし、あるいはまた——ドゥルーズ風に言うと——来たるべき人民のために話していると言えるでしょう。いずれにしても、それは会話です。すなわち、わたしたちは誰かに話すために話すひとりのひと（ここにはあとで戻ってきます）を相手にしています。他のひとびとに話すために。しかし事態はあきらかにもうすこし複雑です。というのも、他のひとびとに話しかけるこのひとは、他の「わたし」たちに話す「わたし」ではなく、石ころを、ある種の隣人地帯であると同時に心の持ち主たちの分離地帯に投げ入れるであろう非人称的な話し言葉《パロール》の石ころを製造して転がす誰かだからです。したがって、第一に、この会話はもっぱら転がる石ころと非人称的な話し言葉《パロール》の石ころの力によって生まれます……。第二に、この非人称的な話し言葉《パロール》は、ひとが通常それと同一視するあらゆるもの、すなわち歌のなかに消えたり普遍的な大きな声のなかに消える個人の声、世界の散文、全員一致の生のざわめき、ブレーズ・サンドラールやジュール・ロマンのような著者がフランスに移転させてゆくあのホイットマン的な民主主義からは区別されます。一方を他方に結ぶもの、それは共通のもの、すなわち非人称的なものなのですが、この非人称的なものは所与のものではありません。すなわち、深遠からのいかなる交響の恩寵によっても銅は目覚めてラッパにはなりません。非人称的なものを制作しなければならず、発言のモード上でそれを制作しなければなりません。

わたしたちは、どの点において「制作する（faire）」という詩的特権がフィリップ・ベックにおいて重要であるのかを知っています。すなわち、ポエジーとはまずもって行動（un faire）であり、発言と行動の均衡であり、製造者の行為としての両者の均衡なのです。哲学にたいして論戦を挑んでいると思われるテクストにおいて――昨晩はアラン・バディウがフィリップ・ベックの反哲学的論争について話していました[15]――、彼はきっぱりとした手法で差異を提示しています。ポエジーは自分が述べることを制作し自分が制作することを述べる固有の活動として現れるのです。それは一方で、ここに話しにやってきて、わたしが来ない言い訳をするのに役立ったであろうひとの役割を問題にしています。というのも、自分が制作することについて述べ自分が述べることを制作するポエジーについて、なにかそれ以上別のことを言う必要があるでしょうか？　そしてもちろんのこと、実践が制作することを述べると仮定されている哲学者の肩書きをもつひとにとりわけ問題が生じます。というのも、フィリップ・ベックは、哲学があとから来るといううぬぼれをもっており、ヘーゲルの手法でシラーの問題を解決しているとして、哲学の信用を失わせているからです。彼いわく、教えるのは詩であり、詩はみずからが制作することによって教える。哲学は制作しない。哲学は言述《ディスクール》であることにとどまり、哲学は制作しないことを教えるのであって、あるいはむしろ――というのも制作しない手法はたくさんあるのだから――哲学は制作しない間違った手法を教える。事物を動かすかわりに事物を説明する手法や、あるいはさらに、分離していないもの（素朴なもの）と分離したもの（情感的なもの）を思考のなかで和解させる手法を教える。しかしその手法は、真剣な思考の任務を避けるためにそうするのであって、事物の緊張を動かせ、いっそう遠く、いっそう手前をめざして、すなわちまたそれゆえに人間同士のあいだでもっとも近いものをめざしてそれを動かせるのです。

したがって、そうしないためのあらゆる口実をわたしたちは持っているのに、ここに話しに来るというのは、自分で制作することについて述べ自分が述べることを制作するという、「どうやって自分が述べることを制作するのか？」とか「自分が制作することを述べるとはどのようなものか？」といったこの種の数々の問いによって「もはや言うことがない」循環を解消できるこの営為のなにかを、それでもなお述べることは可能であると賭けることなのです。言述と行動の詩的分節についての、そしてそれが含意する倫理についての、フィリップ・ベックの透明で輝くばかりの言明からは外れているとわたしたちが仮定するもの、すなわちそれは、とりわけ『あるボワローに抗して』で操作された卓越したもろもろの定式と非の打ちどころのない証明なのですが、わたしはそれらについては話しません。なぜなら、そうすると、まだ存在していない本の要約をする以外にもうなにも言うことがなくなってしまうでしょうから！　わたしに残されているすべきことはなんでしょうか、あるいはごく単純に、わたしにできることはなんでしょうか？　おそらくフィリップ・ベックのポエジーの実例をいくつか取り上げることでしょうし、それからつぎのような問いを討議しながら実例に立ち止まることでしょう――「彼はなんと述べているのか？」「彼はなにを制作しているのか？」「彼が自分が制作していると述べているものはなんなのか？」「彼はそれを制作せずになにを述べているのか？」「彼はそれを述べずになにを制作しているのか？」。これは二つの操作を意味します。第一に、いくぶん行間にすべりこむこと、行を隔てさせること、行につけくわえること、行を削除すること、行に隙間を入れたり行を圧縮したりすること、すべての操作はそのうえそれじたいベック的な操作として有効と認められ色分けされています。第二に、ある種の反響室として詩を制定することによって、詩の章句と登場人物のいくらかを詩の場の外部から引き出すこと。あるのは単純なこだまで、それというのは集められた別の詩群あるいはフィリップ・ベックの他の選集のなかのひとつの詩のこだまです。しかし他のところから、もっと遠くからやってくるこだまもあり、それは人物あるいは非人物を、詩の行為と話し方を揺り動かす可能性をもっており、詩人がそのために構築したのとは別の舞台上へとそれらを移動させる可能性をもっています。それは昨晩アラン・バディウが問いを投げかけたものを喚起するであろう所有の活動になります。わたしからすると、それは別の表現で提起されることになります。問題になるのは哲学によるポエジーの所有ではなく、たんに別の話し言葉《パロール》による話し言葉《パロール》の所有あるいは他の思考による思考の所有なのです——固有の方法論を的確にはもっておらず、おそらくは固有の方法論をもっていないからこそ力強い話し言葉《パロール》と思考の力能を、実行に移すと同時に生み出している話し言葉《パロール》と思考です。したがって、問題となるのは哲学者あるいは詩学者として話すことではなく、単純に読者として話すことなのです。それこそが、わたしが彼のポエジーの二つの実例、『民謡《ポピュラー・ソング》』の二つの実例から出発してやってみようとしていることです。この二つには、書き手が「序文」で原則を説明している詩的仕事の一部をなす優れた点があります——そしてきょうの午後、わたしたちはその説明についての詳細な説明を受けました(16)。プログラムを要約するその定式を簡単にとりあげましょう。「ここで、歌は物語《レシ》の／干し草の水気を絞りとる(17)」。「音楽(18)」と「うめき声(19)」というこの二つの実例にもとづいて、どのようにして二つの童話《コント》の詩的脱水が制作され述べられているのかを自問することにします。

「脱水する（essorer）」のもっとも単純な定義からはじめましょう、それはすなわち水気を取り除くことです。この場合はグリム童話のいくつかですが、童話《コント》を脱水するとは、もっとも低水準のところで、選ばれたそれぞれの童話をその本質にまで導いてゆくことを意味しうるのです。すなわち、一方ではしたがって、その行為の図式を抽出することであり、他方では、童話がわたしたちに伝えること、一般に童話の道徳性《モラリテ》と呼ばれるものを中心に物語《レシ》を緊密化することです。そしてある種の仕方で、それぞれの〈歌〉はわずかにそれをなしています。多かれ少なかれ、直接的あるいは婉曲的な仕方で、わたしたちに童話で起こることを伝えると同時に、その教訓を要約しています。一方でそれは、物語論の最盛期のように、行為を切り分けて、単純な要素へと帰着させています。他方では、それらの道徳《モラル》を抽出しており、いつも多かれ少なかれそれは「制作する（faire）」ことについての教訓になっています。そしてこの教訓を、〈歌〉は自分自身が制作していることを述べながら、つまり物語の出来事の切り分けに自分の「行動（faire）」をつけくわえながら、わたしたちに述べるのです。したがって歌には本質的に二つの活動があります。歌は簡略化し、そして付け加えるのです。そしてこの二つの活動の結びつきこそが歌の表現に富む行為になっています。

ですので、こうした歌のひとつめ、「音楽」を取り上げましょう。これは「素晴らしいバイオリン弾き（訳注20）」にならって構成されています。手短にこの話を思い出すことにします。ひとりのバイオリン弾きについての話で、彼は素晴らしいバイオリンを持っていて、森のなかでバイオリンの演奏を練習している。しかし彼は、それでもやはり、木の葉のために演奏をするのはすこし退屈であると気づき、仲間に出会いたくなる。彼は仲間を見つけるために森のなかを進んでゆく。彼が最初に出会うのはオオカミで、オオカミは彼に「演奏を教えて」と言う。それは彼が望んでいたものではなく、オオカミは仲間として求めていたものでもなかった。彼はオオカミに応える代わりに、策略を働かせることにして、こう言う。「そのためには、きみは樹の裂け目に脚を置かないとだめだ」と。そのあとオオカミは捕らえられることになる。おなじ類の災難が、つぎの音楽見習い志願者たちに起こることになる。つまり、枝に宙吊りになっている自分に気がつくキツネ、それから縄に巻かれて木に吊るされた状態に突然なったノウサギ。そのあとの四番目の試みは好ましいものになる。というのも、バイオリン弾きは真の仲間、きこりに出会うことになるのだから。しかし、そうこうするうちに、獣たちは解き放たれて団結し、バイオリン弾きに復讐をするためにやってくる。そのとき、きこりが介入して、斧を持ち上げると、獣たちはあわてて逃げる。以上が童話で、それがつぎのように短い章句に要約されたのがわかるでしょう。「かつてMがいる（Il y a une fois M）」、「〈ミュージカル（Musical）〉が〈オオカミ〉を縛りつける」、「彼らは結び目を解き、そして怒る」、「音楽は〈きこり〉を喜ばせる」、「そして森の奥へと帰ってゆく」。

しかしこの省略は、さらにいっそう根源的で、最初の詩句「かつてMがいる」の終わりにやってくる別の省略の制御下にあります。〈素晴らしいバイオリン弾き〉は一文字のイニシャルに要約されており、そしてそのイニシャルはもちろん出発点であり、この場合は変身の出発点になっています。というのも〈素晴らしいバイオリン弾き〉は別のタイプの人物あるいは非人物、四番目の詩句で「〈ミュージカル〉」と名付けられるものに変転させられることになるからです。「〈ミュージカル〉」、これはなにを意味するのでしょうか？　これは同時になされた多くの操作の産物なのだと言ってみましょう。つまり冠詞を取り除かれた主語。しかしまた非‐形容詞化され、実詞化された形容詞。そしてまたさらには、固有名詞になった普通名詞。したがってこれは、文法上の三つの操作の結果であり、理論的な操作としても思考可能なものの干渉としても見なせる名詞です。というのも、それらは物質と出来事、具体と抽象、固有名詞と普通名詞の境界をかき混ぜるからです。そして、詩の歩み、すなわちフィリップ・ベックが詩を歩かせるやり方と、彼が詩を歩かせる方向を考えるためには、これらの操作の連帯を考えることが重要であると思います。これらは思考のカテゴリーにかんする操作です。そしてフィリップ・ベックの論争についてゆきたければ、この種の思考操作は哲学が望まないものであり、制作することができないものであり、ポエジー自身が制作するものなのだと言いうるでしょう。すなわち、通常は思考可能なものを組織するカテゴリーを危険にさらす理論的操作なのです。言葉の分配、名詞の統治、そして身体の計算に手をつけるすべての操作のように、政治的操作でも同時にある理論的操作です。固有名詞と普通名詞がもはや区別されないことは、とりわけマラルメの読者にとってはなにかしらを喚起することになるでしょう。マラルメの読者は「葛藤」という散文詩の終わりを、「匿名者」に消え堕ちたあの「生誕」を、日曜の夜に地上で「ぐったりとのびた」あの身体たちを、そして名前のない「ポアトゥー」あるいは「母親あるいは田舎に応じて」「ノルマン」と呼ばれるひとびとを思い出すのです。(訳注21) マラルメはそのようにして、固有名と普通名詞を区別することはたんに文法上のカテゴリーにかんする事柄であるだけではなく、自分たちのものである名前、真の名前をもつ者たちと、人間的な動物たちの残りとのあいだでの人類の分有《パルタージュ》に属するものでもあるとわたしたちに思い出させたのでした。具体的なものと抽象的なものの分有もまた同様で、一方に捧げられているものと他方に捧げられているものとを分離するのです。そして、フィリップ・ベックにおける抽象化の運動がまさしく共通のものを創り出すための運動に結ばれている点は大きな意味をもちます。ここで、アラン・バディウがきのう喚起した、わたしならば「分有《パルタージュ》」という用語に翻訳するだろう「分担《パルティシパシオン》(participation)」の問題のすべてを呼び起こすことができるでしょう。知的なものと感性的なもの、一なるものと多なるもの、一者と誰か複数の関係にまつわるあらゆるものはまた、身体を分配しそれらの能力を分配する手法でもあるのだということをみるために。そこには、詩的な別の操作に結ばれた、思考の操作でもあるような、なにか再分有のようなものがあると言えるでしょう。

一瞬「かつてMがいる／彼は〈森〉を歩いている」に立ち止まることにします。「彼は〈森〉

を歩いている」という表現は、ある意味では神話的な森の水分を抜く抽象化であり、別のところで、すなわち『教訓的ポエジー』のなかで、パヴェーゼが草原というもの（*la* praire）、森というもの（*la* forêt）にとどまっているとして、こうした神話的な抽象化についてパヴェーゼを糾弾しています。[20]その糾弾とは、パヴェーゼを映画化したシネアストたち、すなわちストローブ夫妻に対してもおそらくいっそうなされうるものです。つまり、実際に森というもの、草原というものはそこで自分たち自身の神話と同一なのです。しかし興味深いのは、フィリップ・ベックにおいては、反‐神話化が非常に特異的な言語遊戯を経由していることです。すなわち〈ミュジカン（Musicant）〉はある森のなか（dans un forêt）を歩くのではありません。彼は「〔無冠詞の〕森を（en forêt）歩く」のです。「森を歩く」というのは、わたしたちの同国人の日曜日の健康法の一部として知られています。わたしたちは森で歩き、そのあと場合によっては軽い食事をつくる。ここでもう一度、フィリップ・ベックが神話的な森を抽象化するために、重要なもの、すなわち歩みに抗して森を締めつけるために、散文的《ありきたり》な句によってつかまえている仕方に言及しなければなりません。これはさきほどわたしが散文について言ったことです。つまりフィリップ・ベックは操作者として散文的《ありきたり》な言語作用を用いており、まさにそれは通常は思考可能なものの地平として理解されている散文から詩の空間を孤絶させるためなのです。

したがって、重要なのは「唯一のものへとひとりきり（Seul vers un seul）」という歩みです。

この詩句は二つの理由で注目されるべきです。それは、フィリップ・ベックが別のところで宣言した詩学を要約する手法によって注目されるべきです。つまり彼が受取人に、対話者に、読者にあたえる活動的な役割のすべてとの、会話としての、交感《コミュニカシオン》としてのポエジーによってです。しかし、この詩句はまた、それを述べる手法によっても、« vers » という言葉の両義性によっても注目されるべきです。すなわち、それは方向を示す前置詞の提案なのですが、しかしまた普通名詞の同形異義語でもあり、どんなものでもよいわけではありません。というのも、それは「詩句」という言葉だからです。別の言い方をすると、この「詩句」は「唯一」と「ひとりきり」に脚韻を踏ませており、それはその歩みと一体であるような詩の宛先を述べています。したがって、詩はいまや詩が制作することを述べています。つまり詩は自分が制作することを述べており、言葉遊びの形式のもとで、それを二度述べているのです。さらに先のところで、詩は明白な章句の形式でそれをやっています。「彼は島の果てをめざして下手なバイオリンを弾く(21)」、これは二重母音を二つに分けるのをお望みであれば、「伸縮自在の」十音綴になります。重要なのは、Mの行為は詩人の行為であるということです。バイオリン弾きは、好ましい仲間を見つけるために、歩き、演奏をしました。彼はこの好ましい仲間を夢見ていました。Mのほうは、歩き夢を見る。彼は歩きます。というのもMはまた、〈ミュージカル〉と、それとは別人物、〈歩く人（Marcheur）〉というよりは〈歩いている人（Marchant）〉と呼びうる人物とのあいだの一致点なのだから。歩くとは、まずもって歩きはじめること、はじめることであり、待つことではありません。そして、イニシャルにあてこみたいのであれば、Mはひっくり返すとWになるということ、そしてMの反対、〈歩いているミュージカル（le Musical Marchant）〉はWなのだと指摘できるでしょう。Wはわたしたちがきのうたくさん話した人物、すなわちヴァレンシュタインのイニシャルで、(22) 彼は素朴なものと情感的なものをめぐるあらゆる事柄を理論化したひとりの同じ詩人、すなわちシラーによって舞台にあげられた人物です。(訳注22) ヴァレンシュタインについては二言あります。このひとはたんに一貫性のない戦略家、大いに瞬間を待機したので瞬間を通過させる狂気の類どころではない、それ以上のひとです。ヴァレンシュタインにはもっとなにかあります。星が行動するときであるとはまだ言っていないから行動しないこの戦略家にはもっとなにかあります。わたしにとっては近代の鍵人物であり、彼との関係によって詩人の「制作すること」と「述べることを制作すること」もまた定義されます。ヴァレンシュタインが象徴化する人物、それは行動しない人物です。というのも彼は多くを望みすぎているからです。つまり彼は望まれることを望んでいて、彼の行為が世界の法則によって望まれることを望んでいるからです。三十年戦争の将軍によって受肉化されたこの人物《フィギュール》に、近代の多様な受肉を見出せるでしょう。それはまた、歴史法則が行動の瞬間を決定することを待機する革命的な戦略家の形象でもありえるでしょう。しかしまた、このことはヴアレンシュタインに捧げられた『教訓的ポエジー』の詩で示唆されていることなのですが、彼は象牙の塔の人間であり、詩の領域に戻るものであり、生涯をつうじて新しいものを準備をしている詩人についての「牛の犠牲」[23]で言われていることにこだまを響かせうるひとなのです。ヴァレンシュタインは「望まれることを望むひと」の形象を、望むことのけっきょくはニヒリズム的な本質を明示する形象を象徴化しています。ある種の仕方で、歩くとはこの「望む」循環から抜け出すことであり、目的が歩みの方向を決定するとは期待しないことです。わたしはここでは、歩行こそが方向づけるのであると考える重要性、つまり考案された目的によって目的づけされていない方向づけについて考える重要性について、昨夜、アラン・バディウが言ったのと同じことしか言えません。歩く、それはまた、脚の善用に先立つ条件に視覚補正をおく、現実的な威嚇の拒絶も意味します。わたしはここで（いくらかわたしが話した反響室の詩学のことですが）『教訓的ポエジー』と「現実主義」[24]の詩の参照をみなさんにうながします。そこには、まさに「反イデオロギー主義者」にかんして、「鋭敏な目／透視力に欠けている／その透視力がほとんど脚にないのであれば」と書かれているのです。

そのようなわけで問題となっているのは歩くことであり、望むことではありません。歩くことは夢見ることと一緒に進行しており、夢見ることはここでは夢の意味では理解されません

――ベック的な詩人はシュールレアリスムの詩人のように眠りながら仕事はしません。そうではなく世界の強度とリズムを受け入れるようになるための行為の目的を宙吊りにする夢想の意味で理解されます。この夢想はジャン゠ジャック・ルソーの有名なテクスト（『孤独な散歩者』の五番目の夢）で参照されており、そこで彼は舟底であれ河岸であれ、水の満ち潮と引き潮を聞きながら、まさにこの満ち潮とこの引き潮の自動性を経由することで、待機の宇宙のすべてから脱出しながらみずからを演出しています。夢想は肯定的に、決定のなかに、歩くという決定のなかに含まれなければなりません。したがって「〈ミュージカル〉は夢見る」。ひとはこう言うでしょう。それではそれから？　ひとが彼は歩いていて歩くのはよいと言ってしまえば、バイオリン弾きの話を表面的にしてしまってはいないでしょうか？　詩の原則であるその道徳性に還元するほどにまで童話を脱水してはいないでしょうか？　そしてじっさいのところ、フィリップ・ベックの詩は、童話のなかのどこにも送り返されない長い括弧を開くことで、グリム兄弟によって物語られた話をかんぜんに忘却しているように思われます。

脚は前進する
脚とともに。
コンパス―体。

数学的な脚。
ばねと前進。
それは天からでたらめをする
そしてひとは脚の
素材を探す。
身体は起伏を設ける。
それは精確な
足跡《わだち》をつくる。

わたしたちは森のバイオリン弾きから歩行を引き出し、そして歩行から脚を引き出しました……。そしていまや、話の主体は、つまるところ脚と身体になります。脚と身体は行為の主体になりました。脚が制作することを述べながら、そしてまた脚が制作することを制作しながら、物語風のものを格言調のものと同一視してゆく行為です。実際のところ、脚はもはや空間を駆け巡ることには満足せず、コンパスなのであり、紙片の上の計算の実行者なのです。脚は地面に痕跡を刻み込むアーティストなのであり、起伏を刻み込み、最終的には空間を回転させます。というのも、詩から童話への隔たりが成し遂げるものは、歩行の水平線との関係で痕跡づけられた垂線でもあるからです。詩の行為そのものこそが、垂直性こそが、詩が構築するものなのです。すなわち上から下への運動だけでなく（「森の舞台」の音楽家を参照している「交響的な／エチュードのおかげ」によってここで喚起される分割《パルティシオン》です）、下から上の運動も経由している空と地下室の関係です。フィリップ・ベックはじっさいのところそこでこう強く主張しています。行を追って降りてゆくのでは十分ではない、遡らなければならない、再読しなければならない、などなど、ある方向に行って別の方向に行く牛によって別のところで彼がイメージ化している運動のすべては、しかしわたしたちが別の形象《フィギュール》をとおして描写できるものです。というのも、ここでフィリップ・ベックはわたしたちに脚が「天からでたらめ」を制作すると言っているからです。そしてわたしたちは、『教訓的ポエジー』で名づけられている、「態度」のシャルリー・シャプランという名前のほら吹きの制作する冗談について考えることができます(25)――彼が絶えまなく上昇しては再び下降するデパートの階段のあの滑稽な状況……。

しかし「脚」において、わたしたちはまずもって句またぎを理解するのであって、ここには技術的と言える意味での複数の句またぎがあります。「そしてひとは脚の／素材を探す」、「それは精確な／足跡をつくる」。しかし句またぎは技術以上のものです。わたしにとって、それはひとつの詩学を定義するものなのです。実際のところ問題となっているのは、わたしたちが散文の魔法、あるいは散文の魅惑的な連続性と呼びうるものを禁止するための階段を創り出すことなのです。フィリップ・ベックが制作していること、それは句またぎが歴史的に意味してきたものを、すなわち散文によって侵略された詩を、転覆させることなのです。つまり、忍び／階段（『エルナニ』第一幕第一場）のユゴーの有名な話です……(訳注23)。句またぎ、あるいは送りは、当時、脚韻とその鈍い連続音を消すために、ひとが閉じ込めてきた枠組みをはみ出る生の運動に結ばれるために、前進しました。そしてわたしたちが知っているように、この忍び階段の試練とは、大革命の、大事件の告知によって幕を開ける有名なテクストにおいてマラルメが要約する大革命、「ひとびとは詩句に手をつけました」（「音楽と文芸」一八九四年）の出発点なのです。そしてわたしたちは、ユゴーの人食い鬼によって解体された巨人をめぐって、マラルメの時代に発明されたあらゆるものを知っています。ある意味で、フィリップ・ベックは、それでもなお詩句でありながら、もはや詩句ではない詩句のこの連続性にその名を刻み込んでいると言えるでしょう。もはや自己同一性によってではなく、脚韻の打撃音によってではなく、みずからの可変性そのものによって音楽を制作してゆく詩句。しかしベックにおいては、「なにもいうことがない」というヴェルレーヌ的な傾向を音楽は意味しないという要請、夢想は子守唄にはならないという要請もあります。するとベックの句またぎは、詩の垂直化、散文の上と不活性な音楽性の上で詩句を再びつかむ手法を意味します。というのも、奇数脚詩句のおびただしい甘ったるさからは、散文の新しい結びつきの魅惑からやってくるほどには危険がやってこないからです。フィリップ・ベックは、何度か、詩句のすべての結びつきはおよそ発見されている、しかし散文の結びつきはいまだ発見されるべき新天地である、と言っている書き手を参照しています。この書き手とは、もちろんフローベールです。彼はおおよそ次のようなことを言って「シラー問題」を自分の手法で解決しました。わたしたちはギリシア芸術をもはや制作することはできない、外部の自然とわたしたちの内なる自然の調和的結合を制作することはもはやできない、しかしわたしたちは、散文を非明示化し、それと同時にポエジーを非明示化し、なにかしらの章句それぞれのうちに、なにかしらの話を語りながら、すべての音楽を聞き取ることを可能にする道具を鋳造すれば、失われた全体性を再発見できる、と。この散文のポエジーこそ、わたしたちが『感情教育』の——このタイトルはシラーのタイトルの二つの断片から、通りすがりにつくられたものですが——最後から二番目の章のいとも名高き最初の数行に要約を見出せるものなのです。


彼は旅をした。

彼は大型客船のメランコリーを知った、テントの下での冷たい目覚めを知った、風景と廃墟の陶酔を、中断した共感の辛苦を知った。

彼は戻ってきた。

おそらくそこにこそ、散文の新たな結びつき、散文の魔法があります。フィリップ・ベックはこれに対抗して、韻文を取り戻そうとしています。すなわちこの周遊旅行の魔法、巧みに脱臼させられたアレクサンドランによってつくられた夢想的散文に拡大されたテーマです。そしてひとはなにかフローベール的散文のベック的破壊工作のようなものを制作し、フローベールをパロディ化しているフィリップ・ベックのパロディーを発明するのを楽しめるでしょう……。そうしたジャンルの詩のひとつです。

〈若い男〉が淵へと登る。
いつもおなじ
海。
朝の冷たさはキャンプするひとたちを突き刺す。
記念建造物が強い印象をあたえる。
友人たちが往来する。
JHが戻る
箱が出発する。

わたしがここで制作しているのは、確固たる風刺《カリカチュア》です。しかしこれは、ここで問題となっている、音楽的散文を解体する、数学的な出鱈目の機能について、わたしたちに教えてくれます。今日、ある意味では、句またぎこそが脱−散文化を行っており、あの散文の新たな結びつきを破壊しています。その散文とは、事実、年老いたポエジーや新しい詩人よりもずっとよく、そのすべてが驚異的なまでに堂々めぐりをするために、世界の騒音を平らかにし、そして意味のなかの音を、そして音のなかの意味を痛めつける懐疑的な機能を完遂しています。そうしてベック的な脱臼は、第二の干拓を実行します。すなわち彼は音と意味のあの幸福な融合の海を干上がらせるのです。彼は章句がたえまなく壊れるようにし、みずからの忘却の音楽を章句が失うようにし、そのそれぞれの部分について、それぞれが制作することの上に注意を呼び起こすようにする。こうしたベック的なちいさな詩句はときおりわたしに（というのもベックはまたシネフィルでもあるので）ブレッソンが絶対的に均等な統一によってつくられたフィルムについて話すことを考えさせます。カットがすべて同じ長さを持っているという意味ではなく、それぞれのカットが根本的には同じ重要性を持っているという意味を考えさせます。

この階段の詩学は、融合的で偉大な交響としての散文に抗する方向に――話すためのふつうの手法としての――散文を転じる操作の計算に含められるでしょう。おそらく、散文の音楽における、音と意味の幸福な結合を疑う傾向もあるフィリップ・ベックのそのほかの操作にこれを関連づけることもできるでしょう。それはまたおそらくはつぎのすべての造語を含めることができるようなものです。「牧歌性（bucolicité）」、「シャトーブリアン性（chateubrianté）」、「牧草屋（herbagerie）」、「遠さ（lontanesse）」、「ポンプ的な（pompique）」、「オリンピアの（olympial）」、「脱家畜化するような（dédomestiquant）」、「脱イデオロギー的な（désidéologique）」、「ガラスにする（verrer）」、「例とする（exempler）」、「悲しくさせる（trister）」など。奇異な言葉ですが、その奇異さは、それらがまさに意味にもとづいて構築されることに支えられており、まさしく意味からある言葉を派生させるために、わたしたちは言語における風変わりさ、奇怪さを産み出しており、おそらくわたしたちはその機会に世界の持続性を修復しています。こうした散文的な脚がこの仕事の一部をなしています。すなわち、場合によっては詩句の新しい結びつきを手に入れるために散文を自分自身に抗する方向に変えることによって、上ったり下ったりすることを散文に強いる垂線を計算する仕事です。それは、それでもやはり、獣とともに森のなかへと進むバイオリン弾きがオルフェウスを思わせるだけに、ここではいっそう意義深いものになっています。ところでフィップ・ベックが制作していることはまさにここでオルフェウス的ポエジーとは反対になっています。この場合、グリムのバイオリン弾きは彼の使命を容易にしています。というのも彼は、獣とは魅惑すべきものではなく、捕獲すべきものであることをすでに理解しており、そのために必要なのは竪琴の甘い音色ではなく非のうちどころのない策略であることを理解していたからです。彼はそのようにして獣を罠にとらえ、自分の真の目的地へと、彼が話したいと思っている仲間へと向かってゆきます。この点においてこそフィリップ・ベックの詩はグリム童話の話を再び捕まえているのです。

音楽は〈きこり〉を喜ばせる。
Bは夢見る。
彼の心は高まる。
斧は無意識の琴なのか?
ほとんど意識的な風琴?
それらは〈感動した守護者〉をみる。
琴の鳴る音の人間。
そして森の奥へと帰ってゆく。
旋律的な斧のおかげで。

詩が生起したために〈ミュジカン〉が話しかけなければならなかったのは、別の男、きこり、両手に道具を持つ男であり、彼は森の中の硬いものへとぶつかってゆきます。そしてその制作はまた、彼の手法で、詩の霊感をあたえるものになっています。自分もまた夢想のなかへと落ち、その斧が琴に変わるこのきこりを前にして、わたしは未来の人類の力をしめす詩的召命——これはありとあらゆる話しながら製造するひと、製造しながら話すひとの能力に現存しているものです——についてのフィリップ・ベックの何ページかを思わずにはいられません。詩人は製造するひとです。詩人は言語作用のそれぞれの存在に備わった制作する力能の例証のモード上で製造をするのですが、しかしまた彼は単純に自分が制作するものに注意を払う者たちに現存する言語作用の創造に対する注意力があるという前提から出発して創造をするのです。そしてそれは『教訓的ポエジー』(26)において、正確には「読む」と題されてパヴェーゼに捧げられた六番目の詩において、素晴らしい手法で展開されています。この詩のなかでは、なにが問われているのでしょうか？　まずは、一般に作家にたいして明快であることを、単純であることを強いる要望が問題になっています。

呼びかけ
は呼びかけである
書かない多数のための
思いやりを求める。

新聞に文章を寄せるために、あるいはラジオで話すために呼び出されるわたしたちのうちの全員が、この思いやりを呼びかける声、「単純にしてください！　あなたは公衆に話しているのです、大衆に！　複雑な言葉は使わないでください！」等を知っています。それこそが、書かない大多数のためのふつうの思いやりです。ところが、ここでは思いやりがフィリップ・ベックによって転覆されています。すなわち読むことが難しい者たちは読むことを知っているのです。つまりまずは目で、あるいは手で、言葉の曲線をなぞっている途中の子ども、あるいは人間と事物の物質性を相手にする仕事人。こうした読者こそを詩は専門的読者に対置させており、彼は彼らについてわたしたちにこう言います。

彼らはもはや尊敬をもっていない
自分の目、あるいは手で
言葉の曲線をなぞる
最中の子どもたちの
恐怖のなかに
(てこの原理、方向の道具、
ハサミ)

読むことを知っているひととはまた、事物で忙しいひとでもあります。

朝に出発し
無感動な
夜に戻ってくる、
本よりも
事物で
あるいはひとで忙しいひとは
うんざりさせるものを、
奇妙なものを、逃げ去るものを
そして強いものを
ページを見つめるときに、見るのだ、
それは彼を襲って
力を得る。
よくない習慣をもった慣れたひとたちよりも、
驚いていて、驚きに抵抗しているので、

真の読解には
彼のほうがより近いのだ。

書かない多数のひとたちにたいする真の思いやりとは、まさに書くことと読むことがみずからにとっては難しく、つらいこと、奇異なもの、とらえどころのないもの、抵抗をしめすひとたちへの思いやりです。記号の図面への注意が手の振る舞いへの注意と等しいあちこちに存在する人類共通の力能の発見にかんしては、ジョゼフ・ジャコトの知的解放の定式、彼の記号の森のなかへの旅、さらにはOを円と呼んだりLを直角〔三角定規〕と呼ぶ文字の宇宙へと入ってゆくあの錠前屋の話、あるいはジャコトがわたしたちに述べたグルノーブルのあの手袋職人〔の貧しい女たち〕の話をそこに認めずにいることはできません。彼女たちは知的解放の手法によって自分の手袋からすべての章句を学んでいるのです[27]。わたしはたんにベックの詩の反響室でわたしに鳴り響く外部のこのこだまを途中で呼び起こしているにすぎません。しかしまた、詩の文字そのもののなかでこそ、「唯一のものへと向かってひとりきり」の脚韻が斧(hache)と琴(harpe)の半諧音〔同一の強勢母音の反復〕によってまばゆいばかりの手法で堅固にされているとわかります。働き者の斧、獣たちを逃走させる武器でもある斧は、ひとが獣たちに魔法をかけるなにか琴のようなものになります。詩人は、斧と琴のあいだのこの半諧音を展開し、斧の打撃音と木材の大音響を琴の歌に旋律化するひとです。そしてまた、詩はきこりに、独学者に、話しかけているとも言えるでしょう。なぜなら詩とは自分の手法での独習であり、森のまん中での学習であり、詩句の制作と斧の制作との親近性を学ぶことだからです。

問題はおそらくこの終わりが幸福すぎることです。こう問いかけることができるでしょう。童話を乾かすことは、詩についての詩を童話の再エクリチュールに置き換えることによって、童話を詩のアレゴリーへと変容させてはいないだろうか？ と。わたしは先ほど括弧について話しました……。そして、かたや順調に作動するこの詩のなかに、わたしたちはたがいを見つめあう二つの異なる身体をもってはいないでしょうか、童話が詩に贈るもの、すなわち幸福な出会いにおいて夢見られた（しかしここで夢見られたとは、夢、願望の意味です）終わりのように見つめている詩の歩みを。つまりきこりはそこにいて、斧が琴に変わる夢もまたあるのです。詩は、詩についての詩において童話が展開する道徳を童話から引き出します。しかし童話は自分の期待もまた詩にあたえています。すなわちくだんの話し相手、自分の手で働いている男という、夢見られた読者です。

「わかった、そのぜんぶは、エリート主義のポエジーのままなんだ。どっちにしろどんなふつうのきこりもそれを読みはしないだろう」と言うことが問題なのではありません。六八年の五月革命のときの議論をここでこねくり回すのが問題なのではありません。あのときは誰かが言葉《こえ》を発するやいなや、ひとは彼に「そんならそれは工場の扉に言いにいけ！」と言い、もちろんそのあと彼は黙るしかありませんでした。フィリップ・ベックはジャコトの原則を自分の手法で応用しているのだと思います。つまり知性の平等がひとつの前提であり、詩的行為の条件であり、そしてそれはもちろん、統計的な立証にかんすることではありません。しかし詩の階段を経由して、それはまさにみずからの終わりに到達したのだと、童話が証明しようとするあの幸福な手法の問題が残ります。ここには、所与の、認められた、認識された、記録された大衆性、民衆の童話の大衆性が、それじたいまさに問題含みである別の大衆性をここで担保するようになると踏んでいます。それはつまるところ詩が構築する大衆性であり、すなわち来たるべき人民あるいは人類の大衆性です。この問題は、別の問題、なにがこうした脚を動かすのかを正確に知る問題と結ばれています。歩きたいという欲望があるばかりではないからです。脚を動かしはじめる別の欲望へと向かう欲望があるだけではないからです。詩の階段は、たんにコンパス－脚の正確な計算ではありません。詩人は言語のなかに傾斜を生み出す芸術の名手ではありません。というのも形式がみずからの法則を素材に強いるための行為としての詩の観念もまた、シラーが終止符を打ったものだからです。芸術の条件とそれに付随する人類の条件とは、強力な感受性によって活動が対等にされ、相殺され、互い違いに並べられていることです。詩の二方向の運動は詩人の巧妙さの結果ではありえません。それは力学にかんすることです。それはなにか詩人からはやってこないものによって、外側からやってくるものによって産み出される駆動エネルギーにかんすることです。外部、世界こそが機械の運動を産み出さなければならないのです。『あるボワローに抗して』のなかで、技術的な規則、詩の形成についての規則は、いつも世界の状態によって刻まれると言われています。そしてわたしたちは、どれほど圧力が――この用語のもっとも字義通りの意味において――、圧力がなければならないという観念が、フィリップ・ベックにおいて計り知れない役割を果たしているのかを知っています。なにが圧力をかけることができるのか、なにがコンパスをもつ数学者の器用な計算によっては単純には脚が歩かないようにしているのか？　おそらく答えは、森がバイオリン弾きと獣たちの出会いとは別の出会いの場になる必要があり、森が並外れた出会いの、敵対の、暴力の、犯罪の場になる必要があるというものです。ここで『いくらかの自然のなかで』の二九に立ち返りましょう。

自然は実際には生きられなかった生なのか？
そうではない、というのも自然は控えめに
〈文化〉と〈犯罪〉を抱きかかえているのだから。(28)

ここに、きこりに逢いにゆく欲望の外部において、なにが脚を作動させるのかという問いに対する答えがあります。すなわち自然は歴史だから、森は歴史の劇場だから、ということです。そしてそれはわたしが選んだ二番目の詩、「歌う骨」という童話からとられた「うめき声」がわたしたちに言っていることです。わたしがそれを取り上げたのは、きのうの議論に戻るためではもちろんありません。フィリップ・ベックのポエジーの本質がうめき声であるかどうかを知るためではありません。わたしはうめき声のために話したりはしません。わたしはただ、この歌う骨が投げかける論理と問題を取り出そうとするまでです……。

詩の最初の五行を取り上げることにします。

ある国では、〈獣〉が畑を
様式化している。
彼の牙は怖がらせる。
それらはなにを書き込んでいる？
最も偉大なものについての感情。

最初から風景が立てられています。問題となっているのはエクリチュールです。すなわち「〈獣〉が畑を／様式化している」。様式化するとは、概して悪い意味でなんどか再びあらわれる動詞です。様式化するとは、悪いエクリチュールを制作するということです。問題となっているのはエクリチュールで、それも〈正義〉に、さらにはまずもって〈不正〉に結ばれたエクリチュールです。すなわち〈獣〉の牙が書くものです。歌う骨の話は、じっさいのところは暴力とエクリチュールの話です。畑を荒らす猪の話であり、それゆえもはや誰もあえてそこには行きません。王は獣を殺してくれる者に王女を約束する。そして出かける二人の兄弟がいる。善良な弟と悪い兄、怠惰でずる賢いやつと単純なやつ。善良な弟、単純なやつは、単純なので自分に槍をあたえてくれる知らない人に出会い、その槍のおかげで彼は獣を殺せるようになる。ずる賢いやつが自分を奮い立たせるためにキャバレーで飲んでいるあいだに、単純なやつは獣を殺す。ずる賢いやつがキャバレーから出ると、肩に獣の死体を載せた単純なやつに会う。ずる賢いやつは「よくやった、家に帰ろう、パパは喜ぶだろうし、王様はもっと喜ぶよ」と言う。しかしまさに橋を渡るときに、ずる賢いやつは単純なやつを殺し、彼の亡骸を埋める。それから彼は獣に打ち勝ったと報告して王女と結婚する。いくらか時が経ったあと、そこを通ったひとりの羊飼いが骨を見つけて「この骨はわたしの角笛のためのマウスピースになるだろう、獣たちを呼ぶための……」とつぶやく。そしてそれから幸か不幸か、骨は別のことをする。たんにマウスピースへと切り取られるがままになるかわりに、骨は話しはじめる。骨は犯罪のあらましを話す。骨は自分が獣を殺して、兄に殺された当人だと言う。そのあと、いくぶんかあっけに取られた羊飼いは最高権威者すなわち王に会いにゆき、王は直ちに理解する。ずる賢いやつは袋に入れられ、単純なやつは彼に仕返しをすることになる。以上は詩の状況と詩の切っ先を位置づけるためのものです。すなわち、最初から、死者の機械がエクリチュールなのです。カフカのことを想起する必要があるかはわかりませんが、たしかなのはフィリップ・ベックによって「畑（champ）」はしばしば「野営地（camp）」と韻を踏んでいたり、あるいは「収容所（camp）」を呼び込んでいるということです。そしてここで「垂直の未開墾地」が問題となっているとき、『推論』で問われているガス室の残酷なあの垂直線、「ガス室は〈残酷な垂直線〉の意味《サンス》＝方向をもっている」[29]について考えずにいることはできません。ここでは犯罪と犯罪行為への応答というテーマがまずエクリチュールにかんするものとして与えられています。そのあとで詩は物語《レシ》のエピソードを簡略化し人物たちを再び名づけて物語を追いかけてゆきます。つまり単純なやつが獣を殺し、ずる賢いやつが単純なやつを殺して王女と結婚する。羊飼いが骨を見つけ、自分の角笛を制作したいと望んだその骨は別のことをする。骨は「自分の利益のために歌う」。そしてそれゆえに骨はもう一度名づけられる。骨は「単純なやつの残りもの」となり、すこし先ではそれ自身「〈残りもの〉（Reste）」と略されることになる。骨は歌ってゆく。しかし、このとき、詩と歴史《イストワール》のあいだにひとつの大きな括弧あるいは中断が介入します。ふつう、ひとは物言わぬ証人の手法で証言をする犯罪の残滓である骨を期待します。証人として言えることすべてを言う証人です。すなわち無言の物質性によって物語る歴史家の無言の証人のような証人です。あるいは、話せない者のように話し、言わずにはいられないことを最終的には述べるように話すことを強いなければならない、ランズマン的な証人のような証人です。以上は「ふつうの」証人です。ところがここで、このような証人の期待された形象は退場させられているようなのです。〈単純なやつの残滓〉は自分の利益のために歌います。彼は単純に角笛のマウスピースたることを望んでいないだけでなく、物言わぬ証人であることもまた望んではいません。そこからここで詩によって定式化された「彼は詩学をもっているのだろうか」という問いがやってきます。それは骨にかんしては、問いかけるにはもっとも奇異な問いかけです。どのようにして骨が詩学をもてると言うのでしょうか？　ところが応答は肯定的です。彼は「物思いに耽った／人間（l'humain/pensif）」の詩学をもっている――ここで要約をしているのはわたしです。そこから出発して、この種の詩における偉大な詩的技芸が展開し、それは「単純なやつの残りもの」が生み出してゆく詩の生成として描かれます。それはいくぶんか複雑な操作です。

人間は世界の子音について考える。

母音は文字を
あるいは言述のために
指を求める
フルートの穴を音楽化する。
歌によって、口
は骨の折れる鳥のさえずり
を作り直そうとする楽器なのだ。
照らすことのできるR。
口はまずもって不在である。

世界は子音を生み出します。ひとは獣の牙について考えます。ひとは骨について考えます。世界は子音の硬いものを生み出し、それから言語がそれ自身母音を生み出してゆき、そして母音という言語の要素が「フルートの穴」を「音楽化する」ことになります。フルートの穴は「指」を求めゆき、指は「口」を求めゆきます。口が創り出されひとが口をもつやいなや、ひとは「葦の風」から「息吹の観念」を借り受けることができます。そして葦の風から息吹の観念を借り受けると、ひとは「声」をもち、そしてこの声が最終的には楽器を、「内部の、装飾された／

自然のなかにある楽器」(30)を作り直すことになります。別の言い方をすると、自分の素材に受動的に刻み込まれた殺人の歴史以外にはなにも言えないはずの歌う骨は、わたしたちに新たなポエジー、すなわち情感的で素朴な、あるいは素朴で情感的なポエジーの条件を告げる詩的芸術の専門家になるのです。内部の自然と外部の自然との失われた結合は、「外部の非人間的なもの」と「内部の非人間的なもの」の結合として再創造されます。(31)外部の非人間的なものとは、もろもろの場と身体に書き込まれた獣性です。内部の非人間的なものとは、詩の単独性《かけがえのなさ》を産み出す非人称的な機械です。

外部の非人間的なもの、それは死の機械をみずから発明することをともなう〈歴史〉の暴力です。その卓越した詩人とはシェイクスピア、ハムレットの創作者、犯罪の考古学者であって、『教訓的ポエジー』で実際のところ歌う骨によって喚起されているこのひとは、自分の手に「言語をもっており／そして乾燥させるまえに／歌うことを知っていた」(32)あの頭蓋骨をもっています。内部の非人間的なもの、それは音楽を製造する機械であり、外部の非人間的なものの圧力によって作動させられます。この機械は一風変わった一連の操作をとおして提示されます。すなわち「世界」の子音たちの輸入、フルートの穴の創造、息の形成、楽器を作り直す声……。ややや野卑に言ってしまえば、あまりよくわからないと言えるでしょう。しかしそれはフィリップ・ベックがよく説明していないからではありません。そしていずれにせよ、彼には説明すべきことなどなく、詩は説明するために制作されてはいません。あまりよくわからないのだとすれば、それはわたしたちが、そこではある矛盾のただなかに、それもいつもおなじ矛盾のただなかにいると了解するからです。すなわちシラー的な矛盾、素朴なものと情感的なものの対立の彼方に生まれるべきあの「理想的な」ポエジーの矛盾です。「いくらかの自然」のような、すなわち「製造されていないもの」のようななにかを製造するにちがいないあのポエジーです。矛盾に対する応答のひとつは、製造者は製造されていないものを創り出せる、なぜなら彼自身がある種の製造所《ファブリック》の産物、ある種の力学あるいは熱素《カロリック》の産物であって、製造所を動かす外圧なのだから、というものです。フィリップ・ベックがわたしたちに言っているのは、詩を操作し、そのなかで圧力をかける世界に依存している機械のようなものが詩なのだということです。それらへの圧力ではなく、それらのなかの圧力です。圧力について話すとは、外部の抑止作用がたんに義務にかんする事柄であるだけでなく（ランズマン的な証人）、パイプを活性化するエネルギーに変転する熱の創造なのだと述べることです。フィリップ・ベックにおいてはあちこちからこの圧力の隠喩が回帰してきます。この圧力は、フルートの穴を通過する歌になるために、筒のなかを上昇したり下降したりする空気によって、壁を叩き、エネルギーを産み出す熱を産み出します……。わたしにとってこの圧力の隠喩は三つの観念結合になっています。まずはこの場合、垂直の未開墾地、死の機械の残酷な垂直線を思考することを強いる観念があります。それから媒介の観念があります。じっさいのところ、歌う骨としての骨ではなく、物言わぬ証人ではありません。考えることを強いるもの、世界の圧力あるいは歴史の暴力は、叫びや刻まれた表現という直接形式において素朴に自己表現するのではありません。表現への移行は仕事を経由しますが、しかしまた宙吊りの時間（夢想あるいは受動性）もまた経由します。しかしまた三つ目の観念があり、それは圧力、刻印、表現のあいだの隠喩関係を現実のものとし、機械を真の機械、ある種の人類学的プロセスにする傾向をもちます。その点についてはポピュラー・ソングの「はじまり」に描かれた、ジャン＝リュック・ナンシーがきょうの午後、長々と『民謡《ポピュラー・ソング》』わたしたちに注釈してくれたあの常軌を逸した機械へとみなさんを送り返します。そのいくつかの要素を簡単に思い出すことにしましょう。

〈物語作者〉の腹には、
鍛冶場があって、
それはときおり
明確な怒りをほのめかす。
水は鍛冶場を助ける。
心臓がそれをあたためる。

それは鍛冶場の中心だ。
金槌の中心。
沸騰は
生の蒸気を制作する
それは肺
あるいは鞴《ふいご》が
〈喉元〉へと送るもので、
〈喉元〉は口の仕事へと昇格する。
音想がつづく。
というのも水蒸気は前物語作者のなかに
音をもっているから。
彼は自分のなかに
真理の圧力をもっている。(33)

ある種の詩の人類学的モデルである機械設備をめぐるこの描写によって、まったくもって驚くべきものとなっているこのテクストの引用を、わたしはここで切り上げなければなりません。

じつのところ、ときおりフィリップ・ベックを魅惑しているようにみえるモデルがあります。それはすなわち『教訓的ポエジー』で呼び起こされているマルセル・ジュス〔一八八六―一九六二〕の人類学です。[34] マルセル・ジュスにとって、人間存在とはリズム的存在あるいは身振り的な存在であって、その言葉というのは、「世界のリズム」、世界の圧力を統合する身振りのようなものになっています。いっぽうでフィリップ・ベックはこの表現の機械という観念を引き取っています。他方で、彼は、彼自身、いくぶんかの嘲弄をしめしています。「態度」には、別のマルセルによる――もちろんプルーストのことです――印象から表現へどのように移行するのか？　という問題を解決したと信じるこのマルセル・ジュスに対するいくらかの皮肉もたとえば見つかります。ここでジュスの機械はむしろ童話を製造するための機械なのであって、詩がまさに乾かすことを使命としている水蒸気のいくらかの過剰が引き換えになっています。しかし同時に、世界の圧力を詩的表現に変容させる非人称的な機械は、詩の制作（faire）と詩の言（dire）とを等しくさせるよりも、おそらくは詩がそうありたいと望むことを述べるある種の隠喩のままでありつづけます。そしてこの詩の隠喩は、風変わりに潤色されたあの骨によって、童話の語りの図式のなかにひとつの改竄として現れる危険を冒しています。

事実、ひとたびこの詩的芸術が展開すると、詩は善人への応報と悪人への制裁による話の終わりを繰り返すことになります。自分自身の終わりをそこに加えるまえに。その終わりでは詩人もまた、最後の数行で、自分自身の利益のために、自分の手を取り戻して、歌います。

〈朝〉の〈単純なやつ〉の残りもの
が歌われる。
有名な軍人として。くるまれて。
誰がタピスリーを織る〔壁の花になる〕。
そして真理は装飾される。
絨毯のなかのモティーフ。

このとき、詩が暗号化によって閉じこめられ圧縮されていることがわかってきます。暗号化とは、詩が何本かの糸を織りながら、そうしているとは言わずに制作し、ひとに認識されうるようなものです。最初の糸である「知られている兵士」は『教訓的ポエジー』の別の詩である「未知」[35]の参照をうながしています。これは見知らぬ兵士から着想を得たもので、フィリップ・ベックにとって、彼はつぎのような人でした。

冠詞に属したひと。あるいは

定冠詞によって決定されたひと、
〈身体〉なき〈具体的な一般〉。

この誤った一般性の形象――〈身体〉なき〈具体的な一般〉――に、歌う詩の身体が提示する正しい一般性は対立しています。二番目の糸は「壁の花になる（fait tapisserie）」によってあたえられています。さらにここには散文的《ありきたり》であることの逆転というベックの策略があります。つまり散文的に「壁の花になる」とは、「ただそこに、装飾のために、飾りのためにいる」という意味です。ところがここでは意味が転覆されています。ここで「壁の花になる」とは、言（dire）の組織力ある形象になることを意味しており、するとそこで喚起されるのは絨毯のなかのイメージです。ヘンリー・ジェイムズの名高い中篇（訳注24）です。しかしこの二番目の糸は、意味をひっくり返すことになる三番目の糸によってすぐさまゆがめられます。というのもジェイムズにおいて、絨毯のなかのイメージは類い稀な才能の持ち主、全能の作家のエンブレムになっており、彼は「ご覧ください、みなさんがそれを見ることはないでしょう！」と言いながら、いきがって絨毯に秘密を隠すことを好むのです。ところで、ここで問題となっていて、歌う骨の話によってごく自然に呼び出されている絨毯とは、もちろんフィロメラの絨毯です。神話上では義兄テレウスによって強姦されたアテネ王女で、テレスは彼女が話せないように彼女の舌を引き抜きました。フィロメラはもう話せないのですが、まだ織ることはできる。そこで彼女は王の眼前に姿を現すだろうタピスリーを編むことにするのです。そして彼女が織ったのは、強姦と切断のあらましです。そのようにして、犯罪者は話す言葉《パロール》の能力を奪ったと信じていた者の織物によって真実を暴かれます。かくして幸福にもすべてが詩のなかに閉じこもります。穴を創り出す母音のこの複雑な機械によって引き起こされた当惑、つづいて今度は穴が口を創り出すのですが、世界の圧力を旋律的な管の歌に変容させる吸い上げポンプ、蒸気、そのほかもろもろをめぐるこうした複雑な話のすべては消去されたかのようであり、言語作用の複数の配置を調整して構築される絨毯あるいはパズルによって調和的に覆われています。すなわち童話のかけら、太古の神話のかけら、それから背景には、収容所の生き残りたちの語りがあり、こうした言語の断片たちのすべてが、別のグリム童話「小さな結び目」の女中の手のように産業的な手によって束ねられひとつに結ばれています。言い換えると、平等な宛先に送られた話し言葉《パロール》によって、それぞれのなかにある制作する能力を現実化する話し言葉《パロール》によって詩を存在させるもの、詩にその力能を与えるもの、それはフィリップ・ベックがジェラール・テシエとの対話『ベック、非人称』で言っている、「エチュードへの送り返し」なのです。まずもって「エチュードへの送り返し」とは、この平等な能力の既存のすべての言語的な現動化をふたたび横切ってゆくことです。それは、なおもひとが死んでいると言うことを好むこうした辞書によってはじめられるべく、分有された言語作用にある創造の潜在性のすべてを世に出すこうした本のすべてのなかへの潜水であり、ベックいわく、一方では、それらは意味の非人称的な生を開いています。これは『ベック、非人称』の非常に美しい数行で言われていることです。

辞書を、その知恵ある無邪気さを、あしざまに言うひとがいます。辞書（Dico）（〔以下、ランシエールの注釈〕とはいえこれは回帰した散文的《ありきたり》であることのよい例です）は、時代のスフィンクスです。そこは詩的に読むことを強いる空間で、架空の定義がひしめきあっています。そこでは普通名詞が、そのたびごとに意味のひとつの生を、唯一ではない〈言葉（Mot）〉という人物の多義性を守る固有名詞であるかのようです。辞書（Dico）は章句を制作し、章句を引用します。行間を引用します。その上に身を傾けた身体は、人物が一般化されていた過去を自由自在にできると感じます（アテナイの立法者、言語学者、政治家、作家……）。身を傾けながら、彼もまた一般化されます。不安な快楽の中にいる探求者のように。[36]

別の言い方をすると、唯一者が、単独者《かけがえのないもの》が、他者へと向かう歩行に成功し、そして共同体の円環を編むための条件とは、彼の脚が競技者的であることではなく、世界の圧力によって動かされていることでもなく、彼自身が複数であること、彼の手が複数の手であることなのです。そして非人称的なものもまたおそらくまずもってエゴの複数性、あるいは複数によって創られた織物、言語のなかでそして言語によって創造される強度の多様性を構成するひとつの強度であることなのです。『あるボワローに抗して』のなかでは――言述は「身体器官を打ちつける物体にも」属しており、魂と身体の混合物のそれぞれに圧力をかけていると言われています。わたしの意見としては、この「にも（aussi）」があまりにも控えめであると言うことにしましょう。すなわち言述は、たんに身体器官を打ちつける物体を補いにやってくるだけではないのです。「にも」どころではありません。それは複数による打撃であって、そのようなものとしての複数での機織りなのです。どれほど力を入れて詩の職人のあちこち歩く製造エネルギーを強調しようと望んでも、どれほど力強く圧力をかけ壁を打ちつけ現実の身体を切り刻む世界の強度と歴史の災厄を主張しても、非人称の地点とは、それを製造するための源とは、まずもって、新しい操作へと贈られた素材である言語作用を産み出すテーブルクロスなのであり、しかしそれはまた言語作用上の存在の製造能力の生き生きとした証言でもあるのです。

　ここまでは、ある種の非人称の形象、すなわちみずからの二重の形象の下にある非人間的なものの圧力を遠ざけることは可能だと考えます。かたやきわめて展開されており、収容所の恐怖から、あるいは甘やかな恐怖から――水平な現在の恐怖、ソフトな全体主義の恐怖、あるいは近代《モデルニテ》のノモスたる終わりなき収容所の恐怖であろう――出発して話せという厳命下に話し言葉《パロール》を配置してゆく絶対的な犯罪の形象。そしてまた圧力を表現のエネルギーに変容させる内部機械の形式における非人間的なものの圧力。書かせる圧力はここでいっそう積極的でいっそう肯定的な形象をとります。発明する共通の能力、つまりは共同体の能力への信頼から引き出される力です。もちろん感情的な抱擁の能力ではなく、調和しないものを、まだ調和していないものを、あるいはもはや調和しないものを一緒にする能力です。これが結果として、分有された、分有可能な言語の端ばしからなるちいさな共同体――それは織りなされてはまた再び織りなされるものです――を構築します。わたしが理解するところの「罹＝離人間《リュマン》(rhumains)」の能力は、ときおりそう識別したくなるような、生き残った者の能力ではなく、話したり製造したり歩いたりする能力を再び活性化させる能力であって、誰しものうちに存在しており、みずからのそうした発明によってほかのもろもろの能力をかき立てる能力なのです。糸を再び手に取る者である「罹＝離人間《リュマン》」は、自分の利益のために言語の共通のもののなかに書き込む、単独的《かけがえのない》な発明によって共通のものを立証します。たとえ言語の端ばしからなる共同性が、自分をつかみとろうとする者であれば誰であれ追い越してゆく、ちいさなハリネズミの風采をすることになるとしても。それはおそらく別の童話、子ども向けの童話のなかでは最も有名な「眠りの森の美女」、フィリップ・ベックが「茂み」という題で書き直した童話の教訓《モラル》です[37]。フィリップ・ベックは「茂み」で分離の積極性を強調しています。城を取り囲みながらも、大胆な者たちが内部で捕まるという結果になる、茂みで密集した枝という物質的な形象として表現されている分離です。彼いわく、枝は「結ばれた手のよう。断固として」。断固として結ばれたこうした手は「取引から落ちてゆくのが［…］目に映るセイレーンたち」[38]のポルノグラフィーから、出会いの瞬間を守っています。

こうした商取引のセイレーンに魅惑された、通過しようとする者たちは、枝の棘によって、それらが精神的にそうである、つまるところ「留め具」へと物質的に変容させられます。枝は、〈紅海〉の波のように、待機の値打ちを知っている者のためにしか開かれることはありません。

幸福とは〈長い括弧〉の
腕あるいは半円環の
〈補完物〉のつづき
愛。

「愛」はただ自分ひとりで詩句をつくっていると気づかれるでしょう。いまわたしは『堅琴』

をめぐって生じた愛についての議論には戻りません。名高き接吻に凝縮される王女と王子の愛は、ここで詩そのものが仮定する愛と分かちがたいものとして現れます。フィリップ・ベックによって別のところで愛が「野望＋学殖」[39]として定義されていることをわたしたちは知っています。ここで野望とはあちこち歩く決定でしょうが、それは学殖豊かな決定としての野望なのです。すなわち、たんに知識によって教化されているだけではなく、とりわけその荒々しさを、所有の欲望の粗野さを取り除かれた決定ということです。学殖豊かな野望は宝物の眠りを存在するがままにします。おそらくはなによりもまず言語の宝物の眠りを。

美女は止まって
枝のカーテンの後ろにいる
獣たちと男たちと
昔は
生きた。

そして同時にこうあります。

美男は感情のほとばしりの
森と海の新しさを
感じた。〈愛〉の瞬間
は消し炭からの再出発で
世界の
雨のなかの灰色の重大な遅れ。
外部の諸次元のせいで。

この終わりにはなにか驚くべきものがあります。フィリップ・ベックの反ランボー主義にもかかわらず、この「消し炭からの再出発」はそれでもなおなにか「新しい愛」のラッパのようなものを燃えあがらせています。しかしまたこの新しい愛は、単純な「世界の／雨のなかの灰色の重大な遅れ」の慎み深い影響しかもちません。まず、ただ単色画《グリザイユ》だけをいくばくか遅らせている消し炭からのこの燃えあがる再出発には驚かされます。しかしおそらくこの慎み深さのなかに現れている以上の力があります。「音楽」は、二つの夢想のよき出会いのように、幸福なイメージに現実化された詩のユートピアのように（そしておそらくそれはあまりにも幸福であると同時にやや疑わしいものなのですが）、斧と琴の融和を演出していました。こうした石あるいはよく守られたハリネズミの助けを借りて灰色を遅らせること、それは幸福な出会いの幻覚を追い払うことであり、それはそのたびごとに灰を遅らせることを自分に課す「消し炭からの再出発」の無条件性を再び確認することなのです。それは、灰を退かせることだけでなく、可能なものの空間の再編成を意味します。きのうアラン・バディウが詩の可能化の機能について話していましたが、(訳注25) わたしはその点についてはおそらくバディウのものとは異なる議論によるとしても、やはり彼と同じことしか言えません。詩の道徳《モラル》とはつぎのようなところにあるのでしょう。終わりを迎えないことに、ふたたびはじめることに、もういちどはっきり示すことに時間をかけるところに。たとえば、おそらくはこうした刷新された実効化のほかには場所をもたず、しかしやはりこのいつも再開される仕事によって共通の世界をつくる人類の共通能力を、つくりながら、はっきり示すことに時間をかけるところに。わたしは先ほど、言語を掻き乱しながら思考を掻き乱すこうした思考を発明する勇気としてのポエジーの勇気を、哲学の臆病さに対置させるフィリップ・ベックの論争を呼び起こしました。この発明する勇気は、ある能力を前提として働きます。その能力とは、統計的な実証を期待せず、現実主義者——彼らはそのようなすべては長持ちしないと言い、机上の言葉だったことしかないと言い、くわえて、ひとにはすこしも理解されないと言います——によって曲解されるままにはならないすべてのひとの能力です。この勇気、繰り返しを取り戻し期待しながら新しいものを作るこの力能を、まさにフィリップ・ベックの詩にみることができると思います。この力能を讃えながら、素朴にこう付け加えることにしましょう。単独的《かけがえのない》な詩的発明によって論証される勇気とは、疑わしくなることなく、みずからが幻術の方法論あるいは独自形式の特性であると思わせることなどありえない、と。単純にそれは、思考し、話し、働く単独性《かけがえのなさ》の勇気なのです。これが哲学者でもなく詩人でもなく、たんなる読者によるとても長い話の結論になります。

付録　フィリップ・ベック『民謡《ポピュラー・ソング》』（抄）

ここにあるのはジャック・ランシエールによって講演のなかで検討された二つの詩である。「音楽」は『民謡《ポピュラー・ソング》』（*Chants populaires*, Flammarion, 2007, p. 26–27）の三つ目の詩で、「うめき声」は同書の十二番目の詩である（p. 46–48）。

3　音楽

かつてMがいる、
彼は〈森〉を歩いている。
唯一のものへと向かってひとりきり。
音楽的な夢。

やってくる知的なひとは伝説の
内側をとらえる。脚は前進する
脚とともに。
コンパス一体。
数学的な脚。
ばねと前進。
それは天からでたらめをする
そしてひとは脚の
素材を探す。

身体は起伏を設ける。
それは精確な
足跡《わだち》をつくる。
音楽を演奏する身体の足跡《わだち》。
あるいは音楽している。
彼は島の果てをめざして下手なバイオリンを弾く。

交響的な
エチュードのおかげ。
彼は恐怖を無視する。
彼は獣をおびきよせる。
〈ミュージカル〉が〈オオカミ〉を縛りつける。
〈キツネ〉。
〈ノウサギ〉。
夏にヤマナラシの木につながれてしまった。
彼らは結び目を解き、
そして怒る。
音楽は〈きこり〉を喜ばせる。
Bは夢見る。
彼の心は高まる。
斧は無意識の琴なのか?
ほとんど意識的な風琴?
それらは〈感動した守護者〉をみる。

琴の鳴る音の人間。
そして森の奥へと帰ってゆく。
旋律的な斧のおかげで。
音楽家は森の思考を
再開する。
あるいはエチュードを。
彼は氷片あるいは芸術における木材の
隅の切り口を学ぶ、おそらくきっと。
これからやってくる大地の上で。

「素晴らしいバイオリン弾き」にならって。

12　うめき声

ある国では、〈獣〉が畑を
様式化している。

彼の牙は怖がらせる。
それらはなにを書き込んでいる?
もっとも偉大なものについての感情。
森はほったらかしにされている。
垂直の未開墾地。
〈獣〉を殺すものが
〈美女〉と結婚する。仮定してみると。
二人の兄弟が前進する。
ずる賢いやつと、単純なやつ。
単純なやつには思いやりがある。
彼らは森の二方向に進んでゆく。
ずる賢いやつは夜のほうへ、
〈単純でいいやつ〉は朝のほうへ。
〈仮定された単純でいいやつ〉。
ずる賢いやつはぐずぐずしていて
進むために飲む。

〈おそれ〉のノウサギ？
おそれはひとつの流れ。
もっとも偉大なものがそこにある。
冷淡に
単純なやつは朝の中を進んでゆく。
そして〈獣〉の心臓に狙いをつける。
（彼は〈美女〉のことを想っている？）
背中に
彼は〈獣〉を抱える。
ずる賢いやつは歯軋りをしている。
彼は橋の上で単純ものの弟を殺す。
そして〈王女〉と結婚する。
しばらくして、羊飼いが
砂のなかに、光を放つ
骨をみつける。
〈ひとりきり輝いている残りもの〉は歌うことになる。

それは呼びかけの角笛にちょうどよい。
群れを魅了するために。
獣たちの群れは無用な〈骨〉を愛する。
しかし〈単純なやつの残りもの〉は
自分の利益のために歌う。
内側の群れ。
彼は詩学をもっているのだろうか？
軸には
骨の母音、文字の魂
あるいは歌に先立つものの前には、
魂なき身体
はみ出した叫び声、すなわち叫び以前のもの、
そして言述以前のものが
目に見える若さの中にあり
それは物思いに耽った
人間を包み隠す。

人間は世界の子音について考える。
母音は文字を
あるいは言述のために
指を求める
フルートの穴を音楽化する。
歌によって、口
は骨の折れる鳥のさえずり
を作り直そうとする楽器なのだ。
照らすことのできるR。
口はまずもって不在である。
葦の風
あるいは叫び以前の
砂のなかの花飾りが
葦あるいは骨のなかに
息吹の観念をあたえる。
叫び＝子音＋母音。

よい。
それから声は
内部の、装飾された
自然のなかにある楽器をつくり直すのだ。
〈人間《ひと》〉は
口笛を吹きそれから歌い
そして不在に息を吹きかける？　ポーズをとる手のなかで
彼は口笛を吹く。
葦‐手はメッセージを
つかんで制作する。
歯軋りする音の上で。
手は誰かに息を吹きかける。
〈世界〉については、不在の瞬間によって
彼はあらかじめ歌っている。

だから残りものは橋の歴史を

語る歌曲《アリア》を歌う。
田舎の
息吹を理由にして
〈単純なやつ〉の手がかり、堅い葦は、ひとりで歌う。
道徳的な作品。
田舎をとおって。
真実は空気にさらされた。
〈夜〉の兄弟はそれを認める。
ひとは袋に彼を縫い合わせる。
ざらつき。
彼は罰として水に突き落とされる。
第二の罰。
〈朝〉の〈単純なやつ〉の残滓
が歌われる。
有名な軍人として。くるまれて。
誰がタピスリーを織る。

そして真理は装飾される。
絨毯のなかのモティーフ。

「歌う骨」にならって。

ディスカッション

フィリップ・ベック　あなたをすぐに安心させたいのですが、ジャック……。わたしは一度も「哲学の臆病さ」という表現を使ってはいません、同意しますよね……。この表現が記載されているテクストを見つけるなんてできかねるでしょう……。

ジャック・ランシエール：『ベック、非人称』のなかです……。

フィリップ・ベック：臆病さについては話していません……。

ジャック・ランシエール：……「臆病さ」については話していませんでしたが、それでも、けっきょくはそう言っていることになります。

フィリップ・ベック：そんなことはありません。わたしは哲学教員です、忘れないでください……。

ジャック・ランシエール：ええ、それは知っています！

フィリップ・ベック：それでもなお――なんと言ったらよいのでしょうか――わたしはそういうことを言うのではないかときわめて疑わしいのでしょう。しかし存在と制作の区別はある特定の傾向をしめす区別であり、あなたはそれを大いに疑っているわけです。わたしもまたいくらか挑発しました……。

ジャック・ランシエール：……まさにそのようなものとして受け取りました！

フィリップ・ベック：対話の、対話形式のモノグラフの枠のなかでの挑発です……。まさに「哲学者は自分の言述である、詩人は自分の言述ではない」と言うために。そうすることが主眼ではないにせよ、これは詩人にとっては屈辱になっていますよね。詩人は自分の言述ではない、自分の詩ではないと言うことは、哲学がその言述であると言うことが哲学を侮辱するよりも、詩人の態度を侮辱することになります。わたしの考えでは、ですが。いま、わたしが哲学者は自分の言述を制作しないと言うとき、わたしはそんなふうに言うために、伝統的な言葉づかいをしています。

ジャック・ランシエール：あなたは、哲学は制作しないことを教える、と言っています……。

フィリップ・ベック：……制作されないこと、をです！　一般に言うところの制作しないことを教えるのではありません。

ジャック・ランシエール：ああ、わかりました、いまここでは確証がありません。[40] いずれにせよたいしたことではありません。ここでのわたしの関心は、すこし物事が生き生きするために、あなたの意図を誇張することなんです……。

フィリップ・ベック：わたしは骨を制作しているとでも言いましょうか！（会場笑）

イザベル・バルベリ：ジャック・ランシエール、すばらしいご発表をありがとうございます。あなたはフィリップ・ベックの意図を誇張したと言われました。わたしはつぎのような手法でおそらく問題を連動させることになります。おそらくあなたはフィリップ・ベックのポエジーの他律的な次元を誇張したのではないかとわたしには思われました。つまり、わたしには、あなたが自律芸術と他律芸術のあいだにあるあの区別について話していたように思われました。それはシラーの区別よりもむしろレッシングの区別です。[41] というのも、あなたはフィリップ・ベックに存在する［マルセル・］ジュスの次元を、あのジュスの態度を強調していたからです。そしてこの感受性の問題についてあなたが話すのを聞きながら自問した問いも、この非人称性をめぐるものです……。それとはだれなのか？　感受性が鋭いものなのでしょうか、それとも中性的な受容体なのでしょうか。それは接触によって、だれか他人を引用するために、類似を巧みに使うのでしょうか。[42] あるいはまた、反対に、彼は自律のなかに、それも硬い自律のなかにいるのでしょうか。なぜなら硬さとはまた抵抗と自律であり、すると抵抗とは、あの他律への、あなたがわたしたちに描いてみせた記号の森への抵抗であるからです……。

ジャック・ランシエール：わたしは自律や他律という用語によって問題を投げかけてはいません。なぜなら、わたしの興味は、モダニストのドクサから借り受けた対立用語にのっとって問題を投げかけないことにあるからです。わたしが興味をもっているのは、自律と他律ではなく、素朴なものと情感的なものにかんするシラーの問いと、それからその問いが示唆する問題、つまるところ製造されていないものをどうやって製造することができるのかという問題です。散文作家でどのようにそれができるのか自問しているひとはおり――フローベールです――そして彼はそれをやっています。それから「それは、いかさまだ」と言う詩人もいます（プルーストはフローベールの「動く歩道《エスカレーター》」について話すときに、彼のやりかたですでにそう言っていました（訳注26）。フィリップ・ベックはこう言っています。「欺いてはいけません、この種の散文の魔法を解体する必要があります」と。しかしそれでもなお、わたしたちはいつもこの問いに——ある種の命令形はいつもどこで介入することになるのだろうかという問いに舞い戻ります。いっぽうでは、非人称的なものとは産み出されるなにかなのですが、しかしそれはまたそれ自身非人称的であるなにか、人称を逃れるなにかによって産み出されなければなりません。それはジュスから着想を得た水力機械のモデルが示唆するものです。しかし、やはり、世界がわたしたちに詩の源として提示するあらゆるものは——どれほど忌まわしい犯罪であろうと、あるいはまた、アラン・バディウがきのう話していた女性にたいする男性の愛であろうと、けっして詩のエネルギーを産み出すような水力機械の類には変容しません。この非人称性を保たなければならず、これは証明されないと同時に、すくなくとも証人の一撃を拒むのであれば、果てしなく隠喩化されることしかありえないのです……。そして骨の詩学のすべては、証人の一撃を拒むその一点にあると言えます。詩的芸術を骨のものとみなすことは、あきらかに、強い身振りですが、しかしそれはこの詩学の技術そのものの問題をさらにいっそう乱暴に話題として再度取りあげさせるほかない強い身振りです。これこそ、わたしが言おうとしていたことです。わたしは自分がこれについてそれ以上知っているかはわかりません。結局、問題になっているのは、それでもなお、いくらかはこうした機械の隠喩すべての役割です。最終的に、隠喩はなにをつくるのでしょうか。別の仕方では不可能な定式化の要請にしたがって、隠喩は秩序づけられます。しかし隠喩は、さらされた緊張の、非‐融和の形式下でそういったことをあたえるのでしょうか。あるいは隠喩はそういったことを、それでもなお、奇術の曲芸の形式下であたえるのでしょうか。

フィリップ・ベック：けっきょく、この場合、シラーの要請へとわたしたちは戻ってゆくことができるでしょう……。よく考えてみれば、あなたは『民謡《ポピュラー・ソング》』と『教訓的ポエジー』のあいだのつながりを再建したのであり、それはだれもしないことです……。

ジャック・ランシエール：ええ。

フィリップ・ベック：いっぽうには、物語詩があります——それらは、いずれにせよ、にもかかわらず物語詩なのです（複雑だということはわかっていますが、しかしこれらはそれでもなお物語詩なのです）。それから、他方には、教訓詩があります（これらは、もちろん、物語的側面ももちえます）。あなたは最終的に『民謡《ポピュラー・ソング》』を変容させたわけですが、単純化するために変容させたのではなく、『民謡《ポピュラー・ソング》』を教訓詩とみなしました……。

ジャック・ランシエール：……つまるところ、『教訓的ポエジー』の詩学によって説明される詩として。そんなふうに言うことはできるでしょう……。

フィリップ・ベック：そのとおりです。すると、まさに、アラン・バディウがきのう喚起した反省的な詩、すなわちたんに自分自身の外部に置かれている詩という意味でそれらを理解しなければならないのでしょうか。あるいはシラーによって夢見られた意味での教訓詩、すなわちまったくもって教訓的ではあるのだけれども、完全に詩のままである詩が問題になっているのでしょうか。『教訓的ポエジー』の裏表紙には、こんな一節があります。「思考そのものが詩的であり詩的なままであるだろう教訓詩はいまなお待ち望まれている」と。(訳注27)それでまったくもって驚くべきことは、あなたがそのように述べるのは正しいのですが、シラー自身にとっても夢が問題になっているということなのです。つまりゲーテとの書簡には、彼が自分の夢見ているところのものを疑っている、すなわち詩が完全に詩のままでありながら自分自身の限界に到達する詩の能力を疑っている、常軌を逸した数節があることとです。そうすると、あきらかに、ヘーゲルは彼の『美学講義』で、最終的にポエジーがおのれ自身の限界に到達するときに、哲学素の方向へと、哲学的なものの方向へと大きく方向転換したところなのだといかにも言いそうです。ヘーゲルは、単純化する傾向があると同時に、自分がそのことに意識的であり、この問題が複雑であることにも意識的であるという傾向があります。つまり『美学講義』はつねに難問の淵にあり、そしてそこに留まります。しかしシラーのほうは、はっきりとこう言います。「思考そのものが詩的であり詩的でありつづけるだろう教訓詩がなおも待ち望まれている」と。「詩的でありつづけるだろう」とは、あきらかに、すなわち思考が詩的であることをいつもやめる恐れがあるだろうということです。そこでわたしは自問しました。けっきょくのところ、『民謡《ポピュラー・ソング》』を教訓詩へと変容させるべく――ようするに単純化するために――、あなたが強調した矛盾はシラーの矛盾を不朽のものとした矛盾だったのか、と――シラーの問題とは、この一節に凝縮されるシラーの問題です――。あるいはあなたはヘーゲル的な仕方で、けっきょく詩はみずからの限界に到達するのであり（ひとは「芸術の死」のなかにいるということです、単純化をお望みならば）、ポエジーはポエジーとは違うもののなかで急変するのだと、たんに言うためにそうしたのだろうか、と。というのもあなたは自分をシラーの位置におくと言っていたからです。言ってしまうと、あなたは直接的にはヘーゲル側に転向したわけではないということなのでしょうか？

ジャック・ランシエール：ええ、しかしわたしにとってシラーの位置とは、たんに教訓詩がなおも詩であるのかを知るための問いではありません。つまるところ素朴なものと情感的なものにかんする問いなのです……。教訓的ポエジーにかんする問いを、わたしは素朴なものと情感的なものにかんする問いと、「観念的」ポエジーへのそれらの仮言的止揚の問いの内部に刻みこんでいます。教訓的ポエジーを楽譜に載る観念としてとらえると、もちろん先決問題に舞い戻ります。すなわち、すでに詩的であるなにかの再練成ではないありうるポエジーがあるのかどうかという問題に舞い戻ります。したがって、教訓的ポエジーにかんする正確な問いを、わたしはシラーの問い、すなわち所与の詩性によってつねに先行されているのではないポエジーの可能性——そしてこれはもちろんヘーゲルの操作の基軸の役割を果たすでしょう——の中心にいっそうあまねく存在しているものへと同時に送り返します。それは『教訓的ポエジー』と『民謡《ポピュラー・ソング》』のあいだにある類の谺の戯れをなす口実をわたしにあたえてくれます。いっぽうで、わたしはあなたの制作の手法、それぞれにふさわしい詩学を適用させることによってもろもろのジャンルをふたたび活気づけようとする手法を全面的に意識してはいるのですが。そして、あなたが場合によっては不満足であろうことも理解しているつもりです。つまり、まさに、あなたはあるジャンルの論理をたどろうとしているのに、誰かがそんなふうに、暴力的にあるジャンルに属するひときれを別ジャンルに属するあるひときれへと押し当てるために取ろうとすることに不満足であるだろうことを……。

フィリップ・ベック：しかし、もろもろのジャンルは隣接しています……。

ジャック・ランシエール：ええ、もちろんです、しかしわたしは自分がつくろうとしていることを述べたまでです。おそらくうまくやれませんでした……わたしはそれを述べたまでです！

フィリップ・ベック：しかしいずれにせよ、あなたを落ち着かせることができました。あなたにはあなたが制作したことについて述べる権利がありましたし、あなたが述べたことを制作する権利がありました……すくなくともあなたが驚くべき仕方で制作したことを……。

イザベル・バルベリス：ほかにフロアで質問はありませんか？　あるいはコメントでも……。

ステファン・バクイ：ひとつ質問したいと思います、ほんの試みです。ジャック・ランシエール、最初、あなたは分担《パルティシパシオン》を分有《パルタージュ》から区別していました。あなたは、〈一なるもの〉における多様なものの分担《パルティシパシオン》の支配下にあるものを、アラン・バディウが『竪琴』に認識したようなものを、あなたは分有《パルタージュ》として再形成したのだと言いました。ところが、あなたは読解する本としておなじ本を選ばずに、対話者の、あるいは対話者たちの形象《フィギュール》を選びました……。

ジャック・ランシエール：それは固有名詞と普通名詞にかんすることで、さあ、自分が発言した対話者についてではありません。それは文法上の操作にかんするものであり、それは同時に、固有と普通、抽象と具体的、物質と偶発時の関係を揺さぶる操作にかんするものでした。それにもかかわらず、それこそがフィリップ・ベックの主題によってなされたわけです……。

ステファン・バクイ：……それからもろもろの多様体ですね。名前の多様体……。

ジャック・ランシエール：はい。わたしはたんに、それじたいのために展開されるにちがいない問いについてのとっかかりを導入したかっただけです。わたしはただ、こうした操作は分担《パルティシパシオン》についての問いとともにみなければならないと述べたに過ぎません。分担《パルティシパシオン》をめぐる問いは、いずれにせよ、たとえ『竪琴』のような叙情的ポエジーの本にかんしては完全には似ていないのだとしても、あちこちで投げかけられています。わたしにとって、分担《パルティシパシオン》の問いは、いつも分有《パルタージュ》の問いに結ばれていました。やや乱暴ではありますが、〈一なるもの〉の多様なものへの論理関係は、いつもいくつかのものの多様なものへの政治的関係に結ばれていると言えるでしょう。この関係についての認知問題はいつも〈一なるもの〉を数えることが可能な者たちの計算に結ばれており、あるいは単位として数える者たち、そして単位としては数えず総量《マス》としてしか数えない者たちの計算に結ばれています。この掛け金を呼び起こすためにこそ、わたしは、固有名詞をもたないものたちにたいする詩の関係についての、マラルメへの暗示を、あの「匿名に身を潜めた誕生」への暗示をしました。しかしおそらくわたしはあなたの質問を誤解しています……。

ステファン・バクイ：……いいえ、わたしの質問はこれ以上のところに向かってはいませんでした、確認事項だったんです。

ジャック・ランシエール：さらにもう一度言うと、たんにフィリップ・ベックの二つの詩についての自分の読解に見とおしをあたえるために手短に投げかけたものだったのですが、これはわたしたちが数時間かけるに値するものでしょう。

レミ・ブトニエ：あなたは「外部の非人間的なもの」について話されました。そしてあなたはこの外部の非人間的なものにとっての歴史の暴力について話されました。ところでそれは、人間性によってもたらされた、内部的非人間あるいは関係的非人間です。したがって、言ってみれば、人間的な非人間です。そしてわたしの考えでは、これは盲目な力ではありません。

それは嵐や天変地異ではありません。そこで、わたしはあなたにただその点についての注釈を求めたく思い、このコメントをしたかったわけです……。

ジャック・ランシエール：定式──外部の非人間的なものと内部の非人間的なものの関係──、これを発明したのはわたしではありません。わたしはそれがフィリップ・ベックのどこにあるのか、もはやわからないのですが、しかしつまるところ……おそらくそれは、けっきょくは、よく考えてみれば取るに足らない部分です！ ときどきひとは発明します……。さきほど、わたしたちは、フィリップ・ベックとともに、わたしがタル・ベーラには存在しないと彼にたしかめたベーラの地平について議論しましたが、ええと、とにかく、おそらくわたしはフィリップ・ベックの書いたものには存在しないフィリップ・ベックの一節について話しています……。

フィリップ・ベック：いいえ、その一節は存在しますが(43)……。

ジャック・ランシエール：わたしは彼がそれをうまく書いたと思っています。外部の非人間的なものはあまりにもあきらかに歴史の暴力、すなわち非人間的な人間性に、言うならば動物的になった、人間性を破壊するものになった人間性に関連しています。いずれにせよ、最近よく話されるポスト・ヒューマンとはなんら関係のない非人間的なものです。問われている非人間的なものは、事物たちの議会ではなく、「ポスト・ヒューマン」的政治において亡霊やサイボーグにあたえられた役割でもありません。それは本当に人間的な非人間なのです。

フィリップ・ベック：アラン、わたしは教訓的ポエジーをめぐるこの事柄についてのあなたの意見をぜひ聞きたく思います……。

アラン・バディウ：しかしわたしはそれについてはまるで話したくありません……。けっきょく、「音楽」という詩、すなわちあなたが述べたものを取りあげるとすると、真の問題は、初期にはどうして「〈ミュージカル〉」と「〈きこり〉」が一緒に進んでゆくのかを述べられる状態に最初から詩があるようにはみえないことです。ところが、それでもなお、それが真の賭け金なのです。そして詩的解決法とは——そしてそこでこそまさにその地位を問うことができるのですが——、実を言うと、「琴」と「斧」という単語の相関関係です。そんなふうにして、有効な詩的行為のなかに、「〈ミュージカル〉」と「〈きこり〉」の関係をめぐる宙吊りにされた問いは詩的に帰着します。その問いは同時に、詩の真の中心です。さて、それを再読しましょう。これは複数の問いからはじまります、非常に意義深いです。

斧は無意識の琴なのか?

二つ目の問い。

ほとんど意識的な風琴?
それらは〈感動した守護者〉をみる。
琴の鳴る音の人間。
そして森の奥へと帰ってゆく。
旋律的な斧のおかげで。

本当のところ、詩は――それについてひとつ問いかけをしたあとで――実際は、琴を斧に、斧を琴に変容させることによって、問いへの応答を実行しています。というのも、琴は旋律的な斧になり、琴そのものは斧になるからです。すると、それは、厳密に言語の内部にある手法で、それが投げかけている問いの解決法を提案する詩の行為として、あなたがそれをどう形容するのか知りたいと思っているあの操作の正確な様態です……。なぜならば、そこでこそ、製造、詩的機械は……そこでこそ種づけをするのであり、文字どおり、そこでこそ機能するからです！　もっとも、琴へと斧を変容させるその能力が、最終的には、世界からやってきただろう問題として投げかけられた問題の有効な解決法です。芸術家と人民の関係についての詩が、ここでは「〈ミュージカル〉」と「〈きこり〉」の関係として隠喩化されています……。

フィリップ・ベック：ほんのいくらかつけくわえてもよいでしょうか？　たんに音声学的あるいは音声的であるだけではないこの斧と琴の接近の背景にある形象、それはアイオロスの琴の形象です。すなわち斧は、ごく単純に、自分が襲いかかるときに音を立てるということです。つまり風が聞こえる。それを書いたとき、わたしはこのことを考えていました。したがって、黙した、沈黙をくぐり抜けた非直接的な形象は、自然そのものの楽器としてのアイオロスの琴なのです。それは風琴です。音楽家、それは風です。おまけに、それにたいする暗示があります……。したがって、問題となるのはあきらかに、役に立つ道具と役に立つとはみなされてはいない楽器のあいだのつながりです。しかし民族音楽学は豊かな仕方で、どれほどまでに事態がきわめていっそう複雑であるのかをしめしました。〔アンドレ・〕シェフネルの仕事と、ここ数年のほかのひとたちの仕事は、どのていど音楽的な弦があるのかなどをしめしました。(訳注28) ですのでそれはたんに夢想であったり恣意的な夢だったりはしません。

アラン・バディウ：でもわたしはそんなことはまったく言っていません……。

フィリップ・ベック：さて、わたしが詩に注釈をくわえることをお許しいただければと思います。自分自身の読者でもあることをお許しください……。この場合、想像可能な具体的な文脈において、この場合、問われている詩的操作の想起において、きこりは――彼はいっぽうでは音楽をする夢を見ており、そして他方では音楽を学ぶ気になっています――、彼は、にもかかわらず、詩がまた語っているところのものに、つまりは楽器が発明される最初のときにもっとも近い何者かなのです。ルクレティウスからほとんど剽窃したに等しいパッセージがあり、もっとも、音楽的な葦が問題となっています。したがって、この光景の再びの賭け金がこの詩において生起するのはここなのです。それはおそらく恣意的な光景のようなものです。わたしたちは、斧は楽器ではないと知っています。しかし本当のところ、民族音楽学的には、きわめて複雑です。そのうえ、実用に即した道具は、ときに、楽器を引き継いでいると考える複数の根拠があります。とにかく、わたしは詳細には立ち入りません、これはたんに音声学的な恣意性の偶発的な印象を減らすためです。斧で動物たちを狩るこのきこりは、おそらくたんに斧をおろし、おそろしい物音を出すだけで動物たちを怖がらせるのですが、彼は音楽のはじまりのなかに、そしてまったく単純に、音のはじまりのなかに、手が音を鳴らすためにつづく瞬間のなかにとどまっています。そして、きこりの活動そのものと音楽家の活動のあいだには、場合によっては無意識的なこの種の統合があります。つまりこういうことです。きこりのなかには潜在的な音楽家がいて、彼は音楽を学びたいと思っている何者かであるだけではない。さあ、これは急ぎの注釈ですが……。

アラン・バディウ：いまのは粗野ですが、それでもなお、尋常ではない量の口にはされていない学殖に裏打ちされていますね。

フィリップ・ベック：ええ、しかしそれは同時に読み取れるとわたしは思っています。とにかく、思うに……。

ジャック・ランシエール：そうですか、わたしはその点について、たしかではありません。思うに、問題となっているのは、自分たちの手で仕事をしている二人の人物の関係です。それは芸術家と人民ではありません。対立が立てられるとすれば、それでもなお問題となるのは、自分のバイオリンをもったバイオリン弾きは、きこりのなかにある同じ力能を利用していると証立てることです。そしてそれを、詩人に愛されている樹々を破壊する反詩人（l'antipoète）へときこりを変える伝統と関係させなければなりません。つまり、たとえばロンサールと「ガティーヌの森のきこり」について考えましょう。(訳注29) わたしは、それこそがそれでもなお問題の核心であり、それは止揚によって解決されると思っています。なぜなら姿を消すのはバイオリンだからです。関係が斧に対するバイオリンなのであれば、バイオリンは、最終的には、消えることによってしか融和しえません。つまり琴になるのは斧です。フィリップ・ベックはいつも人類学的な、民族音楽学的な説明を持ち出せるのですが、しかしそれは彼のためです。読者のために真に機能しているのは、本当に半諧音なのです（hache/harpe）。半諧音は、言語のすばらしい発明です。なぜなら、アイオロスの琴でさえも、やはり、わたしたちに斧について考えさせたりはしないからです……。たとえ風が吹くとしても——そして風については、葦をつかってどんな役割を果たすのか、などが知られています——、アイオロスの琴は、ふつうであれば、斧を喚起はしません。

アニー・ギヨン゠レヴィ：「うめき声」という詩で、骨はまた口でもあります……。骨はすぐさま口へと移ります……。そして口こそがつかみにくることになります……。

歌によって、口
は骨の折れる鳥のさえずり
を作り直そうとする楽器なのだ。

そして、

骨の母音、文字の魂

わたしには、そこで起こっているのは超言語《トランスラング》であるように思われます。けっきょくのところ、そのようにわたしはこれを読んでいます……。それから、骨と葦ですが、あきらかに……わたしには葦もまた口を喚起しているように思われます……。

ジャック・ランシエール：ええ、しかし同時に「口はまずもって不在だ」と言われています。

しかしもちろん、詩のこの点については、母音こそがつぎを生み出しているわけです。

言述のために
指を求める
フルートの穴。

このとき、口はそこで単純に姿を現しています。すると、ルクレティウスが物申しているのはこの点なのか、あるいはそれは重要ではないのか、わたしにはわからないのですが。

フィリップ・ベック：重要です、重要です。けっきょく、音が問題になっているからなんです。口は自然音のなかではじまらないのでしょうか？　いずれにせよ、それこそが問題になっています。とにかく、わたしは詩に注釈をくわえることはしませんが、しかし……そしておそらく、わたしの注釈によって、わたしは〔口をめぐる〕あなたの問いを引き伸ばしてゆくことを本当は認めなかったのではないでしょうか？

アニー・ギヨン＝レヴィ：いいえまだ……。

アラン・バディウ：それは本当のところ引き伸ばしではありません……。わたしは一例を、あらゆる点で、厳格に詩的性格をもつ操作から切り離そうとしていました――それについては、それが完全に詩的であると認められるでしょうし、もっとも厳密には言語のなかにあると認められるでしょう――。そしてそれはそこで、詩の内部で、詩そのものによって投げかけられた問題の解決法として働いており、根源的な道徳性になっています。なぜならそれは――目下の事態では、音楽的なものによって、音楽家によって、受肉されている――詩が、おわかりになるでしょうが、あれ以外のものを詩の宛先とする問題を解決する可能性についての詩だからです。そもそも、どのような条件できこりに向けられた詩はきこりに対して操作的なのでしょうか？　つまり、彼らは森のなかへと一緒に出発することになるのですが、すると彼らはばらばらであったのが、森では結ばれていることになります。それはあきらかです。

ジュディス・バルゾ：わたしたちには「〈ミュージカル〉」と「〈きこり〉」さえなく、あるのは「〈音楽家〉」です。そして置き換えがあります。なぜならそこであなたは詩の終わりを注釈していなかったからです。

音楽家は森の思考を

再開する。
あるいはエチュードを。
したがってなにか別のことが起こっており、それはたんなる幸福な出会いではありません。
ジャック・ランシエール：はい。
ジュディス・バルソ：すくなくともこの幸福な出会いは、新しい空間、「森の思考」の空間を生み出している。
アラン・バディウ：ええ、そのとおりです。
ジュディス・バルソ：わたしたちはその点については同意しています。
アラン・バディウ：ええ、まったくそのとおりです。この詩は本当に政治的な寓話であり、そのことに疑いの余地はありません。大げさに言うと、それは群衆《マス》のつながりをめぐる寓話になっています。森のなかに迷い込んだ知識人が、きこりとの結束によってしか切り抜けられなくなっています。

ティファニー・サモヨー：しかしこの方向に進むと、きわめて昔からポエジーによって投げかけられてきた問いになります。なぜなら、それはそれでもなお、ロンサール《ルソン》の厳命への政治的な応答でもあるからです――「聞け、きこりよ、しばし手を止めよ」(44)――そこで詩人は教訓の、あるいは皇帝然とした位置に身をおき、いずれにせよ、きこりに対しては、彼に音楽を聞くよう要求する先生気取りの立場にある。そしてそこで、わたしたちは反対に、平等化の形式のなかにおり、そこにはもはやそのような要求はなく、ある種の手法で、平等化はなされており、解決されています。けっきょく、平等化はまさに、アラン・バディウがちょうど言ったように、そしてあなたも非常によくしめしてくれたように、すなわちポエジーの内部そのものにおいて、解決されているのです。そしてそこには忘れてはいけない政治的な掛け金もあることにわたしは気づいています。あなたはそれについて考えていたと思うのですが、どうでしょう、フィリップ？

フィリップ・ベック：そのことを考えていました。そして［ジャン＝バティスト・］リュリを含めて、あのリズムスティックをもったきこりであることについて人々が非難していたことについても考えていました。

ジュディス・バルソ：リュリはそれが原因で死にました！（訳注30）

フィリップ・ベック：彼はそれで死にました。この点については「ボエミッシュブロダの小予言者」という寓話さえあります。（訳注31）音楽家はきこりになるというすばらしい昇進をなしとげていただろう、彼には適性が足りなかった、と言われています。そして詩はまたその逆転になっています。

ちょっと別のコメントを……。みなさんのように、わたしはあなたがフローベールのパスティーシュのパスティーシュをするのを聞いたときには笑いました。わたしはこう自問しました。「けっきょく、どうしてわたしはパスティーシュをしないのだろうか？」と。わたしはあなたがどうしてパスティーシュをしたのかを自問せず、どうしてわたしがそれをしなかったのかを自問したのです。もちろん、わたしはどうして自分がそれを、パスティーシュをしないのかわかっています……。わたしはパスティーシュを実践しない、これがすでにしてシンプルな答えになります。しかし、わたしが物語を凝縮させることがあるというのもたしかです――けっきょく、これらはむしろ物語詩なのです――コールリッジの『老水夫の歌（*The Rime of the Ancient Mariner*）』〔一七九八〕については、これをわたしはそれでもなお、統語論的な方法で圧縮された十四行の散文詩に濃縮することがありました。それで、フローベールですが……。彼は『あるボワローに抗して』にもちろん存在しています、それもたんなる引き立て役としてではなく……。どうして――そしてただわたしがパスティーシュをしないからというだけではなく――わたしはパスティーシュを、小説の一端にしたがって、しないのでしょうか（というのもそれでもなお小説が問題になっているからです）。あなたは『感情教育』の冒頭をほとんど散文詩のように引用していますよね？

ジャック・ランシエール：ええ、それはまた散文詩による小説の侵略をめぐる問いのすべてでもあります。そのすべてが、帝政的なジャンルとして生まれた小説が、散文詩というみずからの他者によって、どのように同時に吸収されたのかに結ばれています。最終的に、すべてが四行で言われます。

フィリップ・ベック：わたしは今朝ティフェーヌが言ったことに戻ります……。けっきょく、わたしは小説には手をつけないでしょう。

ティファニー・サモヨー：小説は散文の手引き《ガイド》ではありませんから。小説は別の散文です……。

フィリップ・ベック：同時に、わたしはそれにも手をつけないでしょう。そのようなものであるエクリチュールはありますし、わたしには小説的なもの《ロマネスク》を圧縮し、凝縮する、いかなる理由もありません。グリム兄弟にとって、それはさらに別問題でした。彼らの書いたものを、ごく単純に、自分の子どもたちに読み聞かせているとき、わたしはこう思いました。「これは変だ。これらの童話ではなにかとてもおかしなことが起こっており、それは宝石があるということだ」と。本当に、そうした散文には、まるであたかも潜在的に詩があるかのようであり、それらが詩の潜在的な現存を感じさせるために計算されているかのようでした。詩が示唆しうるすべてによって、息苦しさ、圧縮、お望みのものすべてによって。そしてわたしはそれらを読みながら、まさに単純に「散文そのものによって贈られたあの可能性がある」と思いました。そうしてわたしは、こう言ったほうがよければ、ある意味でそれに手をつけました。それらはそのままであり、わたしはそれらを詩の下に、「……にならって（D'après）」（ジャン＝リュック・ナンシーはわずかに「以後の＝にならって（D'après）」に触れました）と指し示したにもかかわらず。しかしわたしはそうしたことを、散文をパスティーシュするということは、もう決してしないでしょう。わたしはパスティーシュをしませんでした。まともではありませんが、わたしは小説の裾にはけっして触れませんでした。中篇小説《ヌーヴェル》、童話《コント》はさらに別の事柄になります。わたしにとって、小説はきわめて離れています。童話と中篇小説は完全に別ものです。

ジャック・ランシエール：しかし、いずれにせよ、わたしにとっては、散文の脱魔術化というこの詩的な仕事を区切ることだけが問題でした。それこそがわたしの発言の目的でした。とにかく、わたしの悪ふざけはもちろん散文の美しい連続性にかんする句またぎによってなされる操作を強調する手法でした。

フィリップ・ベック：さて、句またぎですが……。これについてあまり長々と話はしませんが、しかし句またぎは、〔フランソワ・ド・〕マレルブ(訳注32)が批判したように、正確には詩句をつなぐものでした。というのも、章句はつづいており、しかしながらつづきの詩句のはじまりにおいてだけではないからです。つまり、文字どおり、それはさらに先へと（プルーストの詩にまで）進むことができました。しかし送り（rejet）〔詩句を終わらせる語を次の行に送ること〕は、やはり別の事柄です。送りは、反対に、つづきの詩句の始まりよりもすこし先のちいさなものなので、先行する詩句への送り返しを示唆します。そこでこそ、おそらくは——すみません、いささか技術的な話になるのですが――、真に、「送り」と「句またぎ」とを区別する必要があります。なぜならば、句またぎは詩句を広げ、否定へと――すくなくとも見かけ上は――先行する詩句の否定へと至るからです。いっぽうで送りは詩句を、ある種の仕方で贖うのですが。すなわち、送りが詩句を存在させています……。

ジャック・ランシエール：……ええ、それは議論の的です。わたしは二者の対立には納得していませんし、わたしはおなじ操作を句またぎとしてあるいはまさに送りとして扱えると信じています。すなわち、おなじ事柄の操作に対して、異なる意味を、異なる機能をあたえられる、ということです。「忍び／階段（l'escalier/Dérobé）」のなかで、[45]「忍び（dérobé）」が本当に先行する詩句を美化しているとは言えないわけです……。

フィリップ・ベック：……というよりむしろ、「美化している」のではない、のですが……。

ジャック・ランシエール：……あるいは先行する詩句に送り返してさえいます。それは忘れられています！

フィリップ・ベック：しかし、二音綴にくわえて十音綴があるならば、あきらかに部分欠如があり、切断された十二音綴《アレクサンドラン》があり、そして十二音綴《アレクサンドラン》は切断そのものによって贖われています。おわかりでしょうか？　言いたいのは、それは詩句を――〔ジャン・〕ロワイエールがラ・フォンテーヌの主題について述べていたように――詩節全体へと、あるいは詩全体へと、広げることには似ていないということです。そうすると、当然、詩句がどのような状況にあるのか、わたしたちは問うことができます。

ジャック・ランシエール：ええ、脚として見受けられる脚をめぐる問題のすべてです。

フィリップ・ベック：そこには、あなたの初動が思い出されます……。最初、わたしたちがこのコロックについて話していたとき、あなたのアイディアは「ジャンルと形式」であり、それから「ポエジーから詩へ」となり、そしていまあなたは……あなたは散文へ戻っているとわたしは言おうとしていたところでした。まったくあなたの思考の歩みはおもしろいです。とにかくありがとうございます。

フィリップ・ベックとの対話

ジャック・ランシエール：制作するポエジーと存在する哲学とのあいだの論争をめぐる——多かれ少なかれ遊びのための——問いの背後には、ポエジーが制作するもの、すなわちポエジーが詩の実践において言語作用に応じて制作するものをめぐる本質的な問いがあります。それは、言語作用への介入としての思考に応じてポエジーが制作するものです。可能な共同体に向けて言葉を共通にする手法によって、政治に応じて制作するものです。あなたの詩の実践は、詩についての詩をめぐるロマン主義の問題系の土壌からはじまって、この三つの主題をしっかりと結んでいます。『アテネーウム』のテクストでは計画上の声明にとどまっているものが、あなたにおいては、詩学の再‐詩化という実働に変わっています。問題になっているのは、——民話のポエジーであれ批評的な校訂のポエジーであれ——散文における潜在的なポエジーを覚醒することであり、あるいは——牧歌から教訓詩に至るまでの——消滅したり廃れたと考えられている諸ジャンルを復興することです。ある二重の条件に同時に従うことがつねに問題になっているように思われます。詩学の濃厚な織り物を再建し、それからこの織り物を反省的な性格をもつ操作によって再稼働させることです。そしてこの二重の仕事は、おのずから、詩的道具についての人類学を経由して姿をあらわすポエジーの召命の地平にあります。わたしはもっとも明白なものから出発して——言語作用、思考、共同体の——あの結び目に戻りたいと思います。つまりあなたが——もっとも広い意味での——叙情的なものと反省的なものとのあいだで操作する融合、言語の槌《つち》打ちという特別な仕事と、明白あるいは潜在的なかたちであらわれるすでに構築された詩学へと詩が回帰する操作とのあいだであなたが操作する組み合わせから出発するということです。わたしが注釈した二つの詩から出発すると、この二つの詩は使われている二つのグリム童話によっていくつかの操作を同時に行なっていると言えるでしょう。二つの詩は二つの物質性のあいだの両義性を中心に構成されている言述を物語《レシ》から引き出しています（「音楽」のなかの斧と琴。「うめき声」のなかの骨と口。フルートの非直接的なつながりと同時にラテン語の直接的なつながりによって結ばれています）。それらは、歌う骨の話の背後にあるフィロメラのタピスリーを目覚めさせることによってドイツの民話を再‐神話化しています。しかしまず、そしてなによりも、それらはテクスト上で形式的な三大操作を実践しています。すなわち、テクストの縮約の通常実践の外部における、あなたのポエジーに恒常的に存在する手続きを経由する純化（短い章句、形容詞の引き算、イニシャルの使用）。物語《レシ》の水平線を垂直化しようとするスカンシオン〔脚に分けて発音する詩法〕。ここでは童話《コント》の解釈として示される挿入（詩的道具の人類学）。もちろんこうした次元は混ざりあっています（たとえば、形容詞を取り除くこともまた再‐神話化の手段になっています）。しかしわたしはもっとも直接的な問いから出発することによってそれらを解きほどいてみたいと思うのです。すなわち、現存テクストへと回帰するポエジーのこうした形式的操作をどれくらい反省的操作として考えられるのだろうか、という問いです。

フィリップ・ベック：あなたの問いには複数の論点が含まれていますが、わたしにはそこにあるひとつの中心が見えます。それはつまり、（叙情的な教訓というよりはむしろ）教訓的な叙情主義であり、あるいは詩を制作するかぎりにおいての反省的な歌です。あなたに応答することによって、教訓的な歌の外部にある理論を作らないよう心がけていますが、わたしは詩において実践的に望ましい形式的な諸々の力をそこから再建しようとしています。それは、習慣（*usus*）の問題であり、すなわち、話し手の人数分の必要品あるいは必然性の問題です。まずはじめに、ポエジーと哲学の統合がすくなくとも今日では宙づりになっているかぎりのことだとしても、わたしは初期ロマン主義の連続性のなかに組み込まれてはいないと言わなければなりません。マラルメの意味での「批評詩」もまた、おそらくは宙づりになっています。しかし、注意深く『アテネーウム』断章一一六〔ロマン主義文学は発展的普遍文学であり、ジャンルを越えたジャンルであるとされている〕を読み返す必要があるでしょうし、わたしたちはそのためにここにいるのではありません。『あるボワローに抗して』は、詩－ハリネズミの同語反復的で総合的な力に対立しています。あなたが反対を証明するのでないかぎり、わたしは「前進的で普遍的なポエジー」を制作しているのではありませんと言ってみましょう！　散文のもとで詩を再建する計画は、単純に、いくらかの散文が詩と（なおも）呼ばれるもののなかでいつも循環している事実によって説明されます。その結果として生まれる詩的な織り物をわたしは過大評価しつづけるのでしょうか？　わたしはおそらくポエジーの観念にこだわっています。なぜなら、たとえば「詩句の一貫性を散文にあたえる」ために、既存の詩的観念なくして、それぞれの言葉が最良である精確なテクストという観念なくして、散文を考えないことなどできないからです。初期ロマン派が提起した諸問題が未解決であるという意味です。しかし、モダニストの皮肉あるいは保守的な同情を呼び起こす危険をおかしながら「歌（chants）」と呼んでいますが、詩にとどまったままの言語において感覚可能な推論のなかに、歌っていて歌われている形象を再‐神話化する意図はわたしにはありません。再‐神話化が専制政治的な物語の再構築を含むのであれば、新参のものであれ継続的なものであれ、すべての魂に刻みこまれる織り物の再構築を含むのであれば、すくなくともわたしが詩の再‐神話化をはじめていないことはたしかです。わたしはむしろ、そうした魂の情動を運動とそれらの「うねり」へと翻訳するあるひとつの言語のなかに、こうした現代的な魂の織り物を再発見しようとしています。（もっともそれは、彼らの言語——あるいはわたしたちの言語と別の言語ではありません）。あなたが「再‐神話化する」と聞いて理解することを教えてくれませんか？　わたしたちは、「新しい神話」の告知あるいはプログラムが自分たちの必要としているものではないと認めることができます。残るのは教訓詩の問題です。それは初期ロマン派の問題というよりもむしろシラーの問題であり、（シラー主義者である）ヘーゲルの問題です。シラーはロマン主義的ではない期待をしています。「端から端まで詩のままであるような教訓詩が待望されている」。歌のままにとどまる教訓的な歌とはどんなものなのでしょうか、あるいはみずからの外部（学識深く、教育的な世界のリズム）について語る反省的な歌とはどんなものなのでしょうか？　いま、再エクリチュールは、事実それ自体によって（*ipso facto*）、反省的な操作なのでしょうか？　詩は、再び書かれた、あるいは「演繹された」資料体のなかで、強い印象をあたえる資料体のなかで、潜在的あるいは未展開の手続きを増強させます。凝縮、批評的で冷淡で客観的な（リウマチ的に湿った（rhumide））叙情主義は、基礎である歌わないテクスト（グリム兄弟の教訓的な美しい散文、現代の校訂など）のなかに、ある空間を見出します。「歌っていない」（のですが、しかし潜在的には歌であって、精確な歌の観念によって作動している）テクストは「濃密な演繹」の出発点です（その濃密さは密であると同時にときほぐされています）。そうして、メタポエムにたいするプレテクスト、包帯をした「自意識」によって繰り広げられたものに対するプレテクストよりはむしろ、年季が入っていながら生き生きとしたその質料のなかで詩の反省（反映）が作動します。あなたが仔細に説明したり列挙する詩的操作は、言ってみれば、わたしたち、受け継がれた子どもたちに対する時代の圧力によって命じられているようにみえます。それには、エクリチュールはつねに再エクリチュールであるという事実が付けくわわります。ラブレーはプルタルコスを再び書くカスティリオーネを再び書いています（そしてラブレーはプルタルコスを再び書いている、など）。エクリチュールは条件付きの解氷です。反省性とはすでにして濃縮された努力を再び書く歌のある様態であり、ときには歌がみずからの立ち直りと移動のプロセスを反省します。メタポエムのほうは、歌（つねに改修あるいは「再構築」である〈言〉の強烈さ）を追いやり、質料がどんなものであれ、物体《オブジェ》として鏡のなかにとらえられます。わたしの目には、反省的な歌は、演繹の質料のなかで、潜在的かつ欲求不満を生み出す仕方で考えられている（そして欲求を生み出している）ものを緊張状態においているようにみえます。叫び声のように社交界の質料があり、それは同時に人類史のなかで生成され、転移あるいは「コミュニケーション」を要求します。言われたこと（*dit*）あるいは言うべきこと（*à dire*）はけっして無関係なものでも二次的なものでもありません。というのも、いつもなにか再び言うべきことがあり、それはすでにこの世で繰り返し言われているからです。それは演繹による、分析的な、情感的な歌と言えるのであって、詩についての詩であるだけではありません。むしろ問題となっているのは、新しい形式の質料になった「古い」形式で生じるような世界の問題を映し出す詩です。それはボードレールの問題です。というのも、諸形式は孤立してはいないからです。形式は「裳裾の縁飾りと花模様」（「通りすがりの女に」より）のバランスを取ります。歌う骨のような形象や他の諸々の形象が反省的な重要性をもち、話し言葉《パロール》について話しているといったことは真実のままです。話し言葉《パロール》は世界のひとつの事物です。「詩の諸審級」は『民謡《ポピュラー・ソング》』の唯一の人物たちではありません。それらは他の者たちのあいだにいる人物なのだと言いましょう。言葉そのものはそもそも人物であって、それらはまったく等しい重要性を基本的には有しているのです。あなたの問いへの答えになったでしょうか。

ジャック・ランシエール：事実、再神話化は、複数の意味で解釈されます。それでわたしは、定冠詞の削除のように、あなたにとっては馴染みのある、たんにいくつかの詩的操作のために、若きシェリングの計画についてはここでは考えませんでした。〈音楽〉、〈ディスクール〉、〈葡萄〉、〈言語〉あるいは〈身振り〉（『リュリとラモー』）を固有名詞で主体化することは、人格化された抽象化のあいだに存在するあの諸々の論争を呼び起こす操作です。まさしく初期オペラでプロローグに使われており、それ自体が、こうしたオペラが復興しようとしていたギリシア悲劇よりもむしろ、ホメロスあるいはヘシオドスの人格化された抽象化を喚起していました。しかし、もちろん、問題の核心は、再－神話化ではなく再エクリチュールと反省の関係です。「エクリチュールとはつねに再エクリチュールである」と言うだけで厄介払いできるとは思えない関係です。なぜなら、まさに、詩の要請とはしばしば再エクリチュールではないエクリチュールの要請と同一視されていたからです。つまり、みずからの内的資源に直接由来する詩、あるいは言うことの不可能性を表現する、つねに〈来たるべき詩〉という、未決定の未来へと投機された詩について考えることが問題になっています――この形象にたいしては、あなたが「ページ主義」を描き出すために『オペラディック』で召喚している詩人を結びつけることができます。したがって「再－」が問題を引き起こしています。そしてたとえ多くのひとびとが、シュレーゲル兄弟以来、詩学はポエジーに先行すると言ってきたのだとしても、自分の詩の質料のために先行存在するテクスト資料体をおなじように体系的にとらえた他の詩人を見つけることはほとんどないはずです。より正確に言えば、問題をつくっているのは、「先－」にたいする「再－」の関係です。というのも、この関係を理解するには大きく二つの方法があるからです。ひとつは、ポエジーから、散文の魂そのものを作り出し、結果として、その再－詩によって、たとえば、グリム童話や［テオドール・ド・］ヴィゼヴァの論考のように、あれやこれやといった散文に潜在的に現存するポエジーを抽出しようと計画する方法です。それからもうひとつは、言語作用に先立つポエジーを聞きとることをポエジーに要請する方法です。その力によって、あらゆる物質的現実は表現的－生成へと広がります。たとえば、バーニー・クラウス(訳注33)によって分析されたカリフォルニアの森の生態系が例として挙げられます。ところで、わたしが検討対象として取りあげた二つの「民謡《ポピュラー・ソング》」は、その二つのあいだに意義深い三つ編みを編み込んでいます。詩的な再－仕事によって解放させられた潜在的な詩性は、ポエジーに「ついての」反省でもあるポエジーをそこに引き出します。そしてこの反省は、自分自身を、楽器のかたわらに詩の力を生まれさせるある種の人類学へと送り返します。その楽器とは、斧と同系統の琴、あるいは暴露する歌への骨の移行を再構築する人類学的な機械です。おなじ手法で、あなたの「凍った言葉《パロール》」は、プルタルコスを書き直すカスティリオーネを書き直しながらも、ラブレーを再び書くことにはとどまりません。たとえオルフェウスがつながりづくりに役立っているのだとしても――あなたの「凍った言葉《パロール》」は、ラブレーの物語の原文に言葉の解氷の話とはまったく別の話を書き加えています。そのつながりとはすなわち、ソローによって理解されたものですが、楽器としての未来の召命を期待するオルフェウス教の騒音のなかで木材を引き裂く、製材工場のつながりです（「もしかしたら」は、人間を住まわせるための建築質料からなるふつうの未来にこの可能な未来を加えるソローのことを述べています）。すべてはそのようにして、言葉の解氷は、素材についての素材の仕事における芸術の予期としての「前－」の、ある種のヴィジョンを伴うという、ただそれだけのために詩的行為を象徴化できるというわけです。まるであたかも、人文主義的な伝統すべてに固有の「書き直す」操作は、こうした操作（省略、句またぎ、あるいは送り）を生じさせるための「音楽の発明」という新たな神話によって再活性化されるにちがいないと言うかのようです。それらは、のこぎりの手法で、「凍結した」テクストの森を、思考する言葉の新たな単位として切り分けます。森の生活／超越論者的な森のなかの生活は、そうすると詩の垂線が、再エクリチュールの人文主義的な操作を、操作的に――教育的に――するために必要な、想像的な横断線のようなものなのでしょうか？

フィリップ・ベック：わたしはあらゆる種類の理由のために、なによりもまず政治的な理由のために、この単語を使うことを拒んでいるとはいえ、あなたが「再‐神話化」によってなにを理解しているのか、ずっとよくわかります。ええ、普通名詞は詩の間隔をあけられた思考では固有名詞になっており、そして固有名詞は、緊張あるいは「バレエ」においては、別の仕方で普通名詞でありながら固有名詞になっているので、感覚的な論証は、ある種の人格化された抽象化の論争になります。すなわち、全体性、理想性といった振りつけ《コレグラフィ》は、わたしたちにとっては日常的にはそれらの「受肉」のバレエでしかありません――それらは姿を現し、一行に組み込まれますが、みずからを呈示する身体でしかありません。これはまた、わたしがラ・フォンテーヌを真剣に受けとめる理由でもあります。彼の古典としての地位にもかかわらず、どうしてラ・フォンテーヌの〈詩〉は真の意味で今日真剣に受け取られていないのか、わたしたちは問うことができるでしょう。このことは、（モラルを備えた、イソップ風の）寓話が「マイナーな」ジャンルであることによってすら説明されないだけではなく、寓話が子どもに捧げられた（向けられた）事実によっても説明されません。というのも「わたしの著作のなかでは、すべてのものがしゃべるからです。魚さえもです」（訳注34）。子どもたちは理屈っぽく、詩は自分たちの大きな子どもたちを、真剣な遊びあるいは全体性や概念のバレエを受け取る真の子どもたちを探します。変異韻律（訳注35）において感覚的な理性を測ることのなかには、たしかに形象の波打つ戯れがあり、劇的に、よりよく意味に戻るために、そして意味を作るために、現れて、立ち去ってゆきます。仮にもわたしが、マラルメの精確な表現にしたがって、「絶対的に舞台的で、劇場では不可能で、しかし劇場を要請する」詩を制作するとすれば、その理由はまずもって、言語における思考は、踊っているのであれ循環しているのであれ、調和しているのであれ調和していないのであれ、いつも詩的非人称を問題としているからです（リュリーとラモー、リュリーとラ・フォンテーヌ――フィレンツェの狼と間抜けな子羊、など）。あなたが投げかけている「神話学的」問いは、本当のところは、オルフェウスの問いです。言語作用に応じて、言語における思考に応じて、彼にいまなにが制作できるのか？

彼の力はどのようなものか？「凍った言葉《パロール》」(46)にはたしかに入れ子構造があります。すなわち自分の歌の音によって開始するべく、凍結を妨げなかった音のありうる起源がオルフェウスなのです。オルフェウスは氷化を避けられません。したがって、条件付きのオルフェウス教が問題になります。疑いもないことですが、詩はなんでもすることはできません、それにもかかわらず、詩のものである学殖はだれしもの学殖なのです（パンタグリュエルはすぐにつかえる仮説を定式化しています）――というのも、オルフェウスさえも、自分のテクストとともにある世界がみずからに先行していると知っているからです（彼は口承文学のはじまりを代表してはいません）。言語作用を作り直すこと、それは、質料上で新たな暴力を働き、木材を叫ばせ、そこから世界を思考し－棲まうものを構成するために、言葉の木材をのこぎりで切り裂くことしかできないのかもしれません。オルフェウス教は暴力です。人間主義は、拡散する性質をもった、あるいはお望みであれば、水平的なものであって、物語、神話といった暴力の伝搬でもあると言えます(訳注36)。ラブレーはその範疇を逃れず、彼はまず「文士」にたいして、そしてパピマニ国の偶像崇拝者にたいして向けられた神学的な風刺を隠匿します。しかしパピマニ国を見捨てる者たちの立場は単純なものでしょうか？ 彼らのためにこそ、言葉を「解氷しながら」、言葉の音は聞きとり聞かせるためにあたえられています。彼らは春を待ちません。誰が解氷を認めるというのでしょうか？〈受け継がれたオルフェウス〉

ではありません。わたしはある種の変異的幾何学のおしゃべりのなかで、こうした宙吊りになった問いを「文字どおりの《リテラルな》」リズムで感じさせようとしています。詩における太古あるいは以前のテクストの再－循環は、貴族政治的（人文主義的）というよりもむしろ民主主義的なモードで実践されていると言いつつも、反省された詩における再エクリチュールの問いから自分が解き放たれているとは思いません。わたしたちは「人間性《ユマニテ》」に満ち満ちており、それを知っていて望んでいたのかもしれないし、あるいはそうではないのかもしれません。「罹＝離人間性《リュマニテ》（rhumanité）」が賭け金です。人間主義はわたしたちの言葉のなかへと伝播するあの暴力であり、わたしたちのなかに伝播してゆきます。人殺しの列は、それぞれの凍った海に並んでいて、それぞれは氷を砕くために見捨てられた斧を見つけなければなりません。その氷には、殺人者の世界の散文をおのずと補う（再魔術化する）幻惑的なまでに詩的な表現の氷結が含まれています。そこから、実際のところは消耗させるもので、使い古されているものの豊かな可能性の使用の否定よりもむしろ、「魅力のないものを再魅力化する」目的へと用法がずれることが生じます（あなたが話しているところの母音字省略の過程などであり、それは「手口」に変わってはならないものです）。つまり、いかなる詩人も、別の言語を発明することはできないのですが、それにもかかわらず、ツェランにとってはフレーブニコフ（訳注37）が重要なのです。したがって、過去に準備されたものはあるひとつの可能なものでしかありません。そして、つまるところそれはまた、相続されなかった―相続された言葉の配置における暴力の可能なものです。再（re-）は前（pré-）のなかではじまりましたが、セイレーンの歌、あるいは　致命的なメロディの魅惑のもとにある人間主義の子守唄の暴力性の前提条件は、つねに新たな詩の配置に収まっています。すなわち、新たな詩は暴力の永続化を強いられてはおらず、したがって暴力を映し出すことが求められており、暴力について言語のなかで、それも繊細に考えさせるものをあたえるよう求められています。それは、実際のところ、反省的で批評的な側面をおしゃべりにあたえています。しかし、みなさんご存知のように、子どもたちは大いに熟考します。すなわち、彼らにとってすべては、緊張状態にある力と形式の戯れであり、すべては観念のバレエであり、そのバレエというのは論争的であると同時に遊び好きで（彼らは戦争ごっこをします）、かわるがわるの解氷と再氷結、理性の目覚めと眠り、備品を探し求めており、教室の蛍光灯のしたにあるような装置を形成する「人間主義的な」モードに抵抗する感受性です。夢と魔法の国へと亡命するとき、彼らはなおも魔法の運命を包み隠す物語に行き当たります。すなわち、マーリンは、彼が好んだ叙事詩と教育、戦略の結果に震えあがり、最終的には自分の権力をあきらめることになります。最後のマーリンは隠されています。オルフェウスがポエジーのなかのほとんどすべてに名を連ねていて、リルケを歴史の天使に歪曲するなかにさえも存在しており、そしてマーリンは代替的な「解決」ではなく、言葉の放棄あるいは歌われた腐敗についての不毛な反神話を生み出しませんでした。おしゃべりは凍らされたドラジェ〔砂糖衣に包まれたナッツ菓子〕をあたためます。おしゃべりは、なにも言わなかったり脱臼されている哀歌へとドラジェを放ったりはしません。

ジャック・ランシエール：解氷の観念のなかには、解氷すべき二種類の言葉と解氷するための二つの方法が同時に存在しているように思われます。一方で、氷を解かすべきひとは、話をする普通のひとであるようにみえます。あなたはどこかで「日常の秘教」について話していますが、そこからは言語作用の不明瞭性が理解できるでしょうし、たがいに求めあう言うことと思考の仕事はそこから退隠しました。そうすると「変異韻律のおしゃべり」は、この散文の連続体を壊す手段であり、言われたもののなかに言うことを再配置する手段ということになります。しかしこの解氷はそれ自身、間接的で、矛盾して現れる可能性のある道を経由しています。それは、現在を解氷させるにちがいないあのおしゃべりを生み出すためにあなたが解氷させる、過去のテクスト資料体の迂回を経由します。過去それじたいはそもそも二重になっているようにみえます。すなわちラ・フォンテーヌによってあたえられた変異韻律のおしゃべりのモデルがあります。しかしすべてはまるであたかも、このモデルが模倣をしなかったかのようであり、あるいはまるであたかもその模倣は過去の別の使用を経験したかのようであり、失われたこのおしゃべりを言語のなかでふたたび聴かせるために解氷しなければならないテクストを経由したかのようなのです。物事がそのように貴族政治的につくられるのかそれとも民主主義的につくられるのかを知ることは、もちろん二次的なことです。問いは、まずもって、この迂回が必然的なものなのか、それともそれは選択なのか、だとすればこの選択を稼働させるものはなにかを知ることです。問いはとりわけ、ひとがどのように解氷の操作を考えるのかを知ることなのです。そこにこそ、あなたはわたしに二つのモデルを提示しているように思われます。もっとも直接的に解氷の任務へと適合させられたモデルがあります。それは熱をもたらすモデルです。すなわち言葉を再び熱くする必要があり、心臓ポンプである作品こそが世界の息を受け取り、自分自身の息を詩の手へと渡してゆきます。そのことによって、熱をもたらす作品は同時にリズミカルでもあるわけです。つまり世界の打撃音は、ウルカヌスの仕事場でもういちど叩かれるとわかるのです。神の鍛冶屋の詩的-神話学的な形象は（それはマラルメがバンヴィルの詩でなおも好んでいた形象です）、詩の産出をめぐるあらゆる文化人類学によって置き換えられているのが見てとれますし、このことについてわたしたちはすでに話していて、それはおそらくみずからを現象学的な深奥部へと送り返しています。しかし、この熱をもたらす／リズミカルなモデルが、たやすく詩の生成を説明するのに適しているのだとすれば、わたしは、それが実質的にあなたの詩において作用しているものであるのか、自信がありません。あなたの詩では、韻律と変異韻律が息の通り道よりもそれに間隔をあけるこの息に風をとおすことに適しています。まずエクリチュールの操作が、あなたが型通りの章句の流れと呼んでいるものにたいしてページ上に垂線を対置させているように思われます。そして濃密な定式の均衡をとることが、おそらくはまず最初の凝縮の効果です——言述を二語あるいは三語に収斂させること、乱暴な章句を一行に追い込むこと、括弧や皮肉の効いた疑問符を打つこと、言語学的な意味作用と使用域《レジストル》の衝撃をある唯一の表現へと収斂させること。つまり句読法とずらしがそれ自身、わたしが自分のテクストで喚起したこうした「平凡さ《ありきたり》」を一度ならず利用しながら（「一致しないものを作り出す」神）、ポンプによって生み出された空気を風にとおしてゆくエクリチュールと機知ある言葉の詩学。わたしがスリジーで注釈した「うめき声」という「歌う骨」のこの再エクリチュールのなかには、(47)葦を経由して砂中の風にはじまる歌の生成をめぐる長い展開があるのですが、そのあとには言葉遊びのかたちでほのめかされるフィロメラのタピスリーがあります。すなわち、もはやたくさんの息ではなく、点と織り物の問題です。もはや風に対するのではなく、終わりなき他の言葉に対する関係です。もちろん、二つのモデルはたがいを排斥してはいないと言えます。それにもかかわらずわたしには、一方は詩の言うことにいっそう使われており、かたや他方はその言うことを対象として取り上げているように見えるのです。

フィリップ・ベック：あなたは、世界の息がその空間へといっそうあきらかに放たれていると言いたいのでしょうか。それとも、この「前‐述部的な」息が、いっそうあきらかに詩的芸術のなかへと、すなわち再構築の散文のなかにとりわけ回帰してゆくのだと言いたいのでしょうか。あなたがほのめかしをしている『あるボワローに抗して』が「詩的な散韻混交文」であり、「コーダ」で示唆される区別によるならば、「哲学的な散韻混交文」ではないことをここで思い出す必要があるでしょう(48)。いずれにせよ、単純な散文ではありません。つまり、変異韻律詩は散文に間隔を空け、すると事実、新しい編み方あるいは機織りが生まれるのです。わたしは、自分のポエジーが「〈神〉の視点から」なんであるのかを言うには分が悪く、以前の世界の息による鍛冶屋を正当化しようという欲望はありません。すなわち、言に鋳込められた息は、必要性があってもなくても、現実の詩の直近に現れます。それはそれとして、生き生きとした（覚醒していて覚醒された）仕方で、みずからについて言明し、みずからを様式化するための詩にたどりつくだろう、以前の静かな世界など存在しないということです。詩は話された世界へと投げ込まれており、〈言われたこと〉や、凍らされたり多かれ少なかれ解氷させられた伝説などによって編まれた世界へと投げこまれています。皮肉あるいは言葉遊び、言ってしまえば言語遊戯から立ちあがるすべてのものは、すでに話されてわけのわからぬことを言われ、切断されて控えめな、そんな世界のつづきからしかやってはきません。判断であれ物語であれ、おしゃべりであれ言語における探求であれ、登録済みの堆積した経験であれ実験作業であれ、けっして純粋ではない世界のつづきからしかやってはきません。詩のなかでの、そして詩としての散文が風をとおしてゆく手続きは、不可避的に、自我のうちの世界によって示唆されています。観念へと到来するどんなものも、事物の不完全な息あるいは外部にあり話された他の弾き音を待機している事物の弾き音と無関係ではありえません。捨て札をするために、霊感の権利にすがるために、そこから至上の異論なき権利を作り出すためにこう言っているのではありません（すべてが議論され、解釈されます）。息は、それだけでは詩へと入ってはゆきません。詩的練成のプロセスには、つねに、叩きつけ、叩かれた、言語の情動——それは生きていて、言語のなかで毎日みずからを変形させています——につづいてゆく、世界の痕跡あるいは刻印を韻律へと放つべき配置があります。配置とは必要な選択を意味する言葉です。言語そのものこそが、理性的かつ控えめな不調をこうむっていて、諸々の介入を命令します。それらのモードは誰かにおける「構築的な恣意性」です。解氷は潜在的であり、あるいは世界のなかのいらだった現実態にあり、あまりにもいらだっていたりこわばっているので、解氷は体験されたり感じられたりすることが可能なほどです。解氷はおそらく命令《デクレ》ではなく、意志の結果あるいは必要性のない選択の結果ではありません。まだ見なければならないのは、もちろん、詩の読者が、非連続性を体験し、目が覚めるとラッパになっているかどうかということです。(訳注38) あるいは、詩の読者がまじめに言葉の氷に捕らえられるかどうかです。あるいはさらに、詩の読者が、通常の言語においてはいつも可能な解氷にもっと近いと感じるのかどうかです。読者が、いつもそうである共通存在から直接に、言葉の「精神的《スピリチュエル》な素材」の正しい再加熱をよりよく感じるように再び動かされ、続けるために、活気を取り戻し、中断するのかどうかです。しかし、あなたは解氷に対してなにか必然性を、「凍った言葉」が今日のサイエンス・フィクション観念において実践している「自己内差異」を感じているのですか？　新語法《ニュースピーク》(訳注39) はけっして純粋に君臨することなどなく、大衆的な散文もおなじく、わたしたちがふだん徐々にやり直しをするつもりの章句の幸福をたしかなものとすることはありません。ポエジーの観念は、よいときであっても、努力であり思考の凍った眠りの引き算であるあらゆる言葉の生に悪影響を及ぼします（日常的なものの秘教は麻酔薬の強さを、危険をおかした代償不全に執着しています。わたしは、いくぶんかぎこちない仕方で、プロセスの熱さをここで言い表し、再構築します。解氷には時間がかかり、（ひらめきが操作するように）固体状態から目に見える液体状態へと突然移行することはありません。したがって、それはばらばらになりつつある言語のユートピアなのです。散文は、純粋な連続体ではなく、それはよいことです。そうして「変異的韻律のおしゃべり」は、内部の運動、いくらかの散文のなかの不可視の気性の激しい人の感情、「権力乱用」あるいは表現の反リズム的力に価値をおく以上に、散文の連続性を壊したりはしません。しかし、もちろん（わたしはここであなたと同意見です）、詩に対する世界の圧力に伴うかつての息を吹かせることが必要なのです。わたしはやってみます！「誰がめったうち《デジェレ》を食らわすのでしょう？」という問いにたいする唯一の答えは、「それぞれのうちのそれぞれ」であるように思われるのです。それは共同署名というそれぞれの努力です。共同署名は、空気の揺さぶられた運動についてゆくためのそれぞれの努力のなかではじまります。というのも、空気は人間でいっぱいだからです。努力は、署名者の情動、単独的《かけがえのない》な再開にともなう運動を意味します。わたしはそれをここでは（対話形式の散韻混交文なしに）散文で言いますが、詩がなんであれほかのことを言い、聞かせられるというのは驚くべきことでしょう。世界の息を間隔化することは、息の通り道に風をとおし、そしてそのようなわけで、詩のすべての「穴」はいつも散文上で作用するのです。散文というもの（la prose）はなく、あるのはいつもいくらかの散文（de la prose）です。そして問題となっているのは、世界の静かな散文でも前-述部的で押し黙った散文でもありません。「散文というもの（*la* prose）はない」と言うことは、巡回する膨らんだ散文があるということを言っていると同時に、垂線がつねに不満足のなかで散文に働きかけているということを言っています。凡庸な不満足は、秘教的な日常的なもののなかで、ポエジーの観念あるいは詩の観念を立ち昇らせます。秘教的な詩の観念は、わたしには貴族政治的にみえます。すなわち、それは、物は言葉を話せないことを仮定しています。詩の難しさは、垂線と控えめな濃密さ、非線形問題という、散文や、言述あるいは人間の時間を経由してリズムをあたえられた歴史の伝搬に悪影響をあたえるものたちを言葉にし、示す機構にあります。濃密さあるいは濃縮は、必要な解氷に適合しているとあなたには思われますか。

ジャック・ランシエール：厳格に隠喩を受け取ると、圧縮として解氷を解釈することはむずかしいです。これはまた、用語のうちの一方はむしろ詩の実践を指し示しており、他方はその観念を指し示しているのだと、わたしが強く主張する理由でもあります。圧縮はたしかに言語作用についての正確な操作のうちのいくつかを指し示すためにアレンジされており、それによってポエジーは「諸言語の欠陥を贖う」。反対に、解氷はいかなるポエジーの操作も指し示しておらず、むしろその観念あるいはそのユートピアを指し示しており、世界の通常の秩序へとそれが運び込む乱調の観念を指し示しています。凍った言葉はなく、それらを解氷させる操作はありません。言葉はあまりによく流れるほかありません。凍った言葉は、ラブレーのテクストから離れるならば、それは言語作用の状態ではなく、世界のある特定状態の隠喩になります。すると贖うことが問題になっている欠陥とは、世界の欠陥です。革命こそが凍らせられ、大いなるパンこそが死んでいて、世界と存在こそが冷たくなったのです。ポエジーを解氷に割り当てることは、本質的には、ポエジーを世界の状態にたいする抗議へと割り当てることです。「ポエジーはうまずたゆまず声に出すかたちで世界が進むありようのままに世界の不満足を指し示す」。もちろん、それじたいが不満足であるという点——自分の言述ではないという点——こそがこの不充足に呼応しているということをのぞけばの話ですが。しかし、そこから出発して、詩的形式の特殊性、そしてさらに一般的に言えば、言述のジャンルのシステムにおける詩の観念の翻訳の問題という別の問題が立ちあがります。世界の不充足、あるいは秘教的な日常生活の不充足に呼応することが問題であるならば、わたしたちはそこから、一般的な文体におけるのではなく、より正確には濃密な定式における「努力」が生じるやいなやポエジーが存在するのだと、非常にうまく結論できます。そして詩の垂線とは、ありとあらゆる種類の散文を横断し再構築するこの努力の特殊形式だと結論できます。それと関係して、あなたのもろもろの区別と通告はかなり脆弱に思われます。あなたは『あるボワローに抗して』は「詩的な散韻混交文」であって「哲学的な散韻混交文」ではないのだと告げ、外部の理論から内部の理論を区別するように、行為から力を区別するように、一方から他方を区別する最後の注への参照をうながしています。しかし区別は二つの観念のあいだにこそあるのであって——観念についての二つの観念です——言語作用と言語における思考という二つの実践のあいだにあるのではありません。『あるボワローに抗して』があちこちに含みもつ、韻文でのいくつかの反復進行は、あきらかに問題の核心ではないということです。問いは、その水平な定式が実行するものと、それから定式がそれを実行する仕方に関わり、それらが制作することを言い、言うことを制作する手法そのものに関わります。まさにお望みであれば、問いを投げかけるために、『あるボワローに抗して』の四文を取りあげましょう。

思考可能で説明可能な現実は、熊の亡霊であり、劇的な風によって舞い上がる、なおも直立していて抵抗している熊の毛皮です。知覚からなるこの風は、雀の飛翔あるいは案山子を打ちのめされた占い師のために形づくります。というのも、雀たちあるいはそれらにもめげずに集まった遊牧民たち、風に吹かれた細い帯、宣伝パンフレット（*Flugschriften*）、大判新聞（*broadsheets*）《ノンブル》、ルーズリーフ、包帯で巻かれたビラあるいはパンフレットは、自分たちの幻想的な律動のなかで、それらを蜂起させる知覚の内容を意味すると同時に意味し

ません。言う、それは考えながら感じることであって、そして形式化を感じながら考えることに同意することです。（訳注40）

最後の一文は、理論的な定式化をする明晰な言語で、形象化された言語として熊の毛皮、風、雀、そして葉の隠喩が説明した思考を告げていると言えるでしょうか。喚起された熊の毛皮から言表された主題へと進む運動は、固有のものと形象化されたものの均衡の瞬間を経由しながら（空を舞う木の葉の多義構文）、実際は、運動そのもの、思考を「要約する」思考の定式を生み出す、言語の思考における横断だと言えるでしょうか。すると論理構成のこうした線によって生み出される操作と、そのようなものとして配置され言明される詩的垂線が生み出すものとのあいだの差異はなんなのでしょうか。そして、そこから決定されるのが思考の詩的モードなのであれば、このモードは、哲学とさらにはそこから待望される世界の解氷に固有の圧縮操作もまたぜひとも必要なのではないでしょうか。わたしはすこしまえにマラルメとバディウについてのテクストを、哲学はバディウがそう望んでいたよりもいっそう根源的にポエジーなのだと――詩的「条件」にしたがって、哲学の実存を条件づける真理の手続きのひとつであるだけでなく、その歩みそのものにおける内的思考の実践であるポエジーなのだと言って結びました。バディウにおいてわたしが疑ったのは、自分自身の思考を守ってゆく手続きとしてのポエジーの特性でした。あなたにおいて対をなすかたちで問題となっているように思われるのは、自分の言述であることと、自分の言述を制作することとの対置です。言われたことを言うことに結びつける異なる手法を、それを考えることをそれを感じることに結びつける異なった方法を区別できることはよくわかります。わたしの問いは、言語における思考実践のこうした多様な形態が、異なる言述のジャンルを定義するのかどうかを知ることにあります。形式的な言語作用の外部で、なにかを述べるあらゆる言述が、その定式を「音と意味のあいだにある一番上の線上で」、隠喩としてしかそれじたい存在しない一番高いところにある線上で、切り分けることを強制されていないかどうかを知ることです。ようするに、わたしたちはいつも、多様な形式のもとで、ポエジーと呼ばれる実践ジャンルと、話す存在の詩的条件、分割された共有物の条件との関係をめぐる問いに舞い戻るのです。

フィリップ・ベック：世界の現況に直に照らすならば、そうしたもろもろの区別は今日では本質的には脆弱で、不十分なものだと、わたしはよろこんで認めます。しかし、その脆弱さは詩というものとある散文とのあいだの区別を消去することはありません。区別の消去とは、そのようなものとして構築されたある散文の観念そのものを台無しにしてしまうでしょう。つまり、散文が世界の不十分さへと向かって一直線に進みたいのだとすれば、ある散文は、それを緻密な曲線に、緻密でありながら（言ってしまえば、目が覚めていて、目を覚ますものであるということです）まっすぐな道に駆逐しようとしている、流暢で、波打っていて、リウマチ的に湿った（rhumide）テュルソスに〔ディオニュソスの杖〕、対立させることでしかそうできません。散文はその本質として、奪われた存在や事物のあいだで待望された介入の効力を駆逐しようと散文作家が夢見るアラベスク観念に対立します。結果として、言葉の諸々のつらなりの相対的な解氷は（というのも言葉の使用は凍らせる可能性があるとわたしは強く主張しているからです）別の濃密さを可能にします。すなわち、小川あるいは大河の濃密さがあります。ラ・フォンテーヌは、小川の始源の名前で（生き生きとした空気のように水気がなくシンプルな流れを指します）、これをボワローは別のところで願っています。つまりどちらも奔流を拒絶していて、ここで奇妙な共犯関係にあるのです。あなたはわたしが話しているのとは異なる解氷について話しています。すなわち無意識で硬く、不十分でそれ自身は十分であると信じている、日常のなかで運用される言葉の急流についてあなたは話していて、稀有な無意識において、おそらくは空想的な詩の観念を仮定しています。しかし、その固有でありながら非固有の生に委ねられた、形象化され歪曲され、不明確だったり曖昧な状態におかれた言語作用は、みずからのユートピアの運び手でもあります。つまりそれは、わたしたちの非常に濃密な介入という日常的なユートピアです。圧縮と緩和、媒介的あるいは土着的な散文の網目のなかの隔たりは、ばらばらになりつつあり、つねに生き生きとしていて正確な、感動的で、効果的で、ひとびとに話しかける濃密さ（濃縮されたもの）の観念に対してはいつもいまだに沈黙した実践以外のなにも固定しません。解氷は、毎日の散文のユートピアであり、忘れられた、忘れがちな散文の濃密さのユートピアです。したがって、わたしは解氷がいかなる詩的操作にも対応しないとは思いません。まったく単純に、解氷は言語におけるあらゆる実行の（あらゆる実践の）ユートピアだからです。言語における介入は、それがいかなるものであれ、相対的な圧縮による再活性化の手続きになります。すなわち詩的な圧縮は相対的であり、関係にもとづくものであり、通常と呼ばれる散文の間隔のあけかたにはいささかも対立しません（通常とはひとつの観念です）。通常の言表のオルフェウス教が忘れられることはありえません。わたしはもちろん、詩におけるオルフェウスの純粋な中断をまったく信じてはいないのですが、しかし批判的なオルフェウスは解氷という神話の供給者ではありません。すなわち、解氷はいつも、分割された共通のもののなかで、ひとつずつ作られるのであり、超越論的な詩の組み付けによって作られるのではありません。詩の形式、韻文の仕事は、公式に散文のモデル（その理想あるいは観念）として贖われるものであり、そしてそのようなわけでひとびとは「詩を望む」のです（それでもなお、単純化しすぎるものであれ誇張したものであれ、硬直化したそれらの諸版のうちの通常版にもかかわらず、夢を見るのです)。詩は、仮定された言語の欠陥を贖うために(補い、そして報酬をあたえるために)つくられるのではありません。わたしが制作しているものは、通常のものの生きたユートピアへとつながっています。したがって、わたしはいささかも、散文における思考の実行が詩の観念に限定されているとは申し立ててはいません。『あるボワローに抗して』のすべてはその反対を言っていて、あなたはわたしにそれをもう一度言う機会をあたえてくれています。わたしはただたんに、詩的芸術は、韻律の仕事と思考の文体の努力のあいだにある、ポエジーと散文のあいだにある、物質的ではなく、操作的な差異を呼び起こしていると言っているのです。なぜなら散文というもの(*la* prose)は存在しないからです。「散文は認められます、その一方で散文は存在しません」は、すると「散文は認められません、その一方で散文は存在します」と等しくなります。つまり、散文のもとでは、散文は見つからない散文として見出されるわけです。散文の観念、それはポエジーです。おわかりのように、まったくもって、わたしはノヴァーリス=ベンヤミンの主張(「ポエジーの観念、それは散文である」)を逆転させており、このことはおそらくあなたとは矛盾しています。しかしわたしの相対的あるいは批判的なオルフェウス教は形式主義ではないことはあきらかです。つまり、いかなる形も、自分自身の力をたもつ(引き出す)ことはなく、芸術の本質は芸術のなかにはありません。観念、一番上に引かれた線についての理解可能なイメージというものは、単純に、言語における志向性の構造に対応します。つまり意味作用の側面にある台秤は、あらゆる散文の単純な拘束です。これはこの散文が意味作用の脇にある台秤に要約されるという意味ではありません。透明で単純なコミュニケーションへの抵抗、内容《フォン》の形成への渇望は、もはや証明すべきものではありません！　形式の誘惑は、その消去の運動のなかにある恒常性です。そこから、半透明の形式の夢がやってきます……。詩はいささかも、言うことあるいは形式の横へりにある台秤ではありません（形式主義はポエジーの誘惑でありつづけます）。「真の詩」は、そのような一番上にある線の贖いなのです。そのなかで、あなたの思考の実践はまさしく詩的であって、つまるところ、詩を考えるだけで条件づけられています。最後になりますが、形式主義に対抗するとはいえ、形式の観念に対抗するわけではないあなたの対立において、あなたはポスト－ポエジーの観念に賛成している（と感じている）のでしょうか？　わたしは自分が詩においてはポスト－ポエジーの観念には背いていると感じています。

ジャック・ランシエール：あなたがポスト－ポエジーについて話しているとき、この語彙を使用したジャン＝マリ・グレーズを特に参照しているのかどうか、それともさらにいっそう世界的な「ポスト」観念について話しているのかどうか、わたしにはわかりません。わたしは詩的界隈の外部におり、それを検討する議論の外部にいるので、問いのもっとも一般的な側面にこだわることになります。ひとがポストについて芸術の手法で話すとき、わたしはヘーゲルの診断の直近にとどまる必要があると思っています。つまり芸術は、もはや芸術でしかないときにポストの時代に入るという診断です。以前、芸術というものは芸術とは別のものでした。思考のモード、生の形式、崇拝、奉仕といったものだったのです。単語には意味があるとすると、ポスト・ポエジーはふさわしい場所にあるポエジーであるはずであり、あなたが侮辱されたポエジーと呼ぶものになるでしょう——たとえこの卑下が、純化された言語作用の最後の信者による神殿保護のように、自然に傲慢になるのだとしても。あなたの詩は複合的な執拗さによってそれに違反しています。つまりポエジーとは思考そのものにとって大切な言述のモードなのだと考える執拗さです。さもなくばどうしてよく認知されてきたものと明白に言明されてきたものとの関係をめぐる、みたところとっくに解決済みの問いに戻るのでしょうか？　ポエジーをつづけるためにはいつも戻ってゆかなければならない歴史として、どんな時代でも掘り下げつづけなければならない領野としてポエジーを考えることへの執拗さ。なぜならわたしたちがそこから取り出せるものは人間が相互関係する仕方にとって重要だからです。脚韻と半諧音の言明からは区別され、ページ上の行配置が相対的には無関係であるイメージの力を越えてゆく、韻律の特定の徳の表明。すべてのひとによって話される言語の進化が、新たな詩的な定式の発明として可能にするものへの注意。あなたのポエジーは、そのような調子で、ポエジーを考えるために、そしてポエジーを思考の形式として考えるために、詩的形式を用いる深い次元での斬新な試みとして頭角をあらわしています。したがって、ポスト－ポエジーの観念との関係であなたのポエジーを位置づけたり、あるいはそこからその正当性を引きだせるかもしれないような、なにか時代的な決定とあなたのポエジーを同一化させるような地点はありません。あなたのポエジーはそれじたいによって存在しています。ポエジーについて、そして思考について、多くのことを考えることを可能にしています。それはわたしにとっては後《アプレ》からやってくるポエジーであり、ポスト－ポエジーではありません。新時代のよき定式の傲慢や終わりの気難しい愉悦ではない以後《アプレ》は開かれた未来をたもちます。したがって同時に二つのあいだに存在するものという以後《アプレ》－以前《アヴァン》なのです。それについて考える最良の句は、私見では、シラーが発明した句であり、あなた自身がそれにこだまを響かせています。すなわち情感的《センチメンタル》なポエジーです——詩的な定式のなかで自然に翻案されるだろう世界の失われた夢と、最終的に見出される言語の思考への一致という不可能な夢とのあいだにそれはあります。以後《アプレ》のポエジーは、ヘーゲルが生まれたことを知っており、そしてそれにもかかわらず、まるであたかもできるかぎり、ヘーゲルの到来のときを遅らせなければならなかったかのように行動するポエジーとして定義されることができるでしょう。

原注

（1）« Écrivain », *Poésie didactiques*, Théâtre typographique, 2001, p. 23.
（2）« Lire », *ibid.*, p. 30.
（3）« Purgatoire moderne », *Aux recensions* Flammarion, 2002, p. 138.
（4）« Papiers », *Dernière mode familiale*, Flammarion, 2000, p. 110.
（5）« Anticritique », *Poésies didactiques*, p. 117.
（6）*Aux recensions*, p. 178.
（7）« Les urnes », *Poésies didactiques*, p. 21.
（8）« Le dernier homme », *ibid.*, p. 134.
（9）« Sacrifice du bœuf », *ibid.*, p. 107.
（10）*Aux recensions*, p. 178.
（11）*Ibid.*, p. 174.
（12）« Porte », *Chants populaires*, Flammarion, 2007, p. 57. 「〈彼〉はそこに存在しないのではない。／〈人称代名詞〉はひとつの不在をもっているのだ」。
（13）*Ibid.*
（14）*Contre un Boileau*, Fayard, Ouvertures, 2015.
（15）*Beck, l'impersonnage*, Argol, 2006, p. 189–191.

(16) Jean-Luc Nancy, « Commence – toujours (sur les rédifications beckiennes) » in *Philippe Beck, Un chant objectif aujourd'hui*, Corti, 2014, p. 194–213.
(17) « Ouverture », *Chants populaires*, p. 11.
(18) *Ibid.*, p. 26–27.
(19) *Ibid.*, p. 46–48.
(20) « Dialogue avec Leuco », *Poésie didactiques*, p. 193.
(21) « Musique », *Chants populaires*, p. 26.
(22) « Wallenstein », *Poésies didactiques*, p. 123–132.
(23) « Sacrifice du bœuf », *ibid.*, p. 107.
(24) « Du réalisme », *ibid.*, p. 156–157.
(25) « Attitude », *ibid.*, p. 65–66.
(26) « Lire », *ibid.*, p. 29–33.
(27) Cf. Jacques Rancière, *Le Maître ignorant. Cinq leçons sur l'émancipation intellectuelle*, Fayard, 1987, p. 41 et 65.（ジャック・ランシエール『無知な教師——知性の解放について』梶田裕・堀容子訳、三一、五七頁）
(28) *Dans de la nature*, Flammarion, 2003, p. 41.
(29) *Déductions*, Al Dante, 2005, p. 12.
(30) « Plainte », *Chants populaires*, p. 47.

（31）« Buvard », *Poésies didactiques*, p. 104.
（32）« Demain Hamlet », *ibid.*, p. 162–165.
（33）« Ouverture », *Chants populaires*, p. 13.
（34）« Attitude », *Poésies didactiques*, p. 61.
（35）« L'inconnu », *ibid.*, p. 101–102.
（36）*Beck, l'impersonnage*, p. 27.
（37）« Buisson », *Chants populaires*, p. 68.
（38）*Ibid.*, p. 70. 「ポルノグラフィーは／他のところから見たセイレン／あるいは低き瞼の数を増やす。／商取引からこぼれ落ちる目。非直接的な愛が瞼とともに落ちる、／あるいは舞台装置のなかへと発ってゆく／拒絶の国の」。
（39）*Garde-manche hypocrite*, Fourbis, 1996, p. 59. 「野望＋学殖＝愛」。
（40）以下が「証拠」である。*Beck, l'impersonnage*, Argol, 2006, p. 190, chapitre XXV, « Ellipse ». 「哲学とポエジーの差異は存在すること（être）と制作すること（faire）の差異に対応する。哲学的な跳躍は［…］振動する広がりにおける釈明たらんとする欲望である。それは多数の盲目さから出発する。［…］メジャー（sapere aude）である勇気への呼び声は多数がマイナーであり奴隷であることを仮定する。［…］〈ポエジー〉にとって、〈読者〉、〈偽善者〉はメジャーである。メジャーのひとは存在し制作する。［…］哲学の目的は、公式には、ひとつの思考であるための、魂のなかでみずから制作する思考であるための、人間すべての適性である。哲学は人間的な勇気の不在を言明する。ポエジーは人間的な勇気を認める。人間＝制作者（faiseur）。ポエジーは、制作者、自己の教授、教育者を教育する。人間＝教育者。哲学は子どもを教育し、子どもが存在することを認め、彼らが制作するよう鼓舞する。ここで、鼓舞することと、すべてを言うことは一をなしている。しかしながら、哲学は即座に際限なくすべてを言うことを断念する。哲学は否定ポエジーを示唆している。ひとりの詩人、物質的省略の実践者は、哲学を教えることができる。哲学を教えることはポエジーではない、あるいはそれは否定ポエジーである。〈ポエジー〉が思考のテーマを拒絶したのであれば、それは絶対的な提案であろう。[…] しかしそれは、動物的でありながら神的である、人類の絶対的な成熟を前提とするだろう！　絶対的な提案はなにも言わない。[…] 提案は知性のなかの感性（sensualité）に賭ける。概念の憎しみはロゴス嫌悪《ミソロギー》の上に基礎づけられる […]、しかしポエジーの憎しみは哲学が示唆する前進的な感性の憎しみである。すべてを言うこととなにも言わないことは、未決定の人類の円環上で一をなす。[…] みずからが愛する言述のなかに沈潜しながら存在する、哲学の読者の受動性は、なにかを制作することへの不適正を意識するなかにある感受性である。それは不安な未熟さの上に基礎づけられた受動性である。ポエジーの読者の受動性とは、制作者の暫定的な受動性、うわべの受動性である。なにかを制作する者の感受性。彼の読解はひとつの行為である。彼はひとが弓を広げるように言述を広げはじめる。[…] 同時代人は制作するか行動する。これは、今日の詩人の多様化の理由のひとつである。（読者の性急さ、推定はここでは問わない）。幸運なことに哲学の読者の忍耐強さは無限ではなく、そして存在するためには制作し行動しなければならないのだ」。

（41）それぞれの芸術の自立が問題になっており、それはレッシングの問いであるが、自律はいつもある形式を「ジャンル」だけではなく、それじたいに閉じ込めてしまう危険を冒す。

（42）Georges Didi-Huberman, *La ressemblance par contact*, Minuit, 2008. 鋳造あるいは直接的で触覚的な印象による再構築が指示されている。

（43）「外部の非人間的なもの」という表現は「吸い取り紙」に見つかる。*Poésies didactiques*, p. 104, et dans *Beck, l'impersonnage*, p. 154–155.

（44）Elégies, XXIV, « Contre les bûcherons de la forêt de Gastine ».

（45）Début d'*Hernani*（1830）de Victor Hugo.

（46）*Opéradiques*, Flammarion, 2014.

（47）*Philippe Beck, Un chant objectif aujourd'hui*, Corti, 2014.

（48）*Contre un Boileau*, Fayard, Ouvertures, 2015.

訳注

（1）クルト・シュヴィッタース（一八八七―一九四八）はドイツの画家。ここで言及されているのは廃品や印刷された文字を素材にした作品群〈メルツ〉。

（2）ブレーズ・サンドラール（一八八七―一九六一）はスイス出身のパリで活動した詩人、旅行家。ソニア・ドローネー（一八八五―一九七九）はロシア出身のパリで活動した画家。ここで言及されているのは二人の共著である絵画入りの詩集『シベリア鉄道とフランスの少女ジャンヌの散文詩（*La Prose du Transsibérien et de la petite Jehanne de France*）』（一九一三）。

（3）『ディヴァガシオン』収録の「詩の危機」で提示される諸言語の欠陥を詩句が哲学的に贖うとする考え。Stéphane Mallarmé, « Crise de vers », in *Œuvres complètes II*, Gallimard, 2003, p. 208.（ステファヌ・マラルメ「詩の危機」松室三郎訳、『マラルメ全集II』筑摩書房、一九八九年、二三二―二三三頁）

（4）シラーの「素朴文学と情感文学について」（一七九五―一七九六）では、自然である素朴詩人と、自然を求める情感詩人が対比されている。シラー『素朴文学と情感文学について 他二篇』（高橋健二訳、岩波文庫、一九五五年）を参照。

（5）『ディヴァガシオン』収録の後期散文のひとつ。詩人が列車に乗って秋の森へ向かう旅をモチーフとしている。Stéphane Mallarmé, « Gloire », in *Œuvres complètes II*, *op. cit.*,

p. 103–104.（ステファヌ・マラルメ「栄光」松室三郎訳、『マラルメ全集Ⅱ』前掲書、四九─五一頁）

（6）« pohètes »とは、ジャック・ヴァシェがアンドレ・ブルトンをそう呼んだという言葉。「時代の教訓があまり得にならない」詩人の意。André Breton, « La confession dédaigneuse » *Œuvres complètes I*, Gallimard, 1988, p. 200.

（7）boustropheは、フィリップ・ベックの造語。身体につながれた農具を引いて畑を耕す牛の進み方とおなじく、左から右に一行書いたあと、次の行は右から左に書くように改行する、「牛耕式」あるいは「犂耕体」と呼ばれる古代の筆記法boustrophédonを踏まえ、牛を意味するβοῦς/bœufと詩節を意味するstropheを掛けあわせている。

（8）ライナー・マリア・リルケの長篇小説『マルテの手記（*Die Aufzeichnungen des Malte Laurids Brigge*）』（一九一〇）の主人公。

（9）チェーザレ・パヴェーゼの神話論『レウコとの対話（*Dialoghi con Leucò*）』（一九四七）。日本語訳は「異神との対話」、『パヴェーゼ文学集成6　詩と神話』河島英昭訳、岩波書店、二〇〇九年。

（10）ナンタケットはメルヴィル『白鯨』に登場する捕鯨基地。サンザシはフランス語原文ではaubépineだが、英語ではhawthornであり、メルヴィルの友人である小説家ナサニエル・ホーソーンを示唆している。

（11）断片＝断章がそれ自体で完成していなければならないことが『アテネーウム』断章二

〇六ではハリネズミに喩えられている。Friedrich Schlegel, Fragments de « l'*Athenaeum* », traduit par Philippe Lacoue-Labarthe, Jean-Luc Nancy, in *L'Absolu Littéraire*, Seuil, 1978, p. 126.（フィリップ・ラクー＝ラバルト、ジャン＝リュック・ナンシー『文学的絶対——ドイツ・ロマン主義の文学理論』柿並良佑、大久保歩、加藤健司訳、法政大学出版局、二〇二三年、二〇六頁）

（12）ギュスターヴ・ランソン（一八五七—一九三四）はフランスの文学史家。歴史主義によってサント＝ブーヴを批判するなどした不当な行為を指していると思われる。

（13）アドルフ・レッテ（一八六三—一九三〇）はフランスの詩人。

（14）Molière, *Œuvres complètes II*, Gallimard, 2010, p. 283.（モリエール『町人貴族』鈴木力衛訳、岩波文庫、一九五五年、三六頁）

（15）テオドール・ド・ヴィゼヴァ（一八六二—一九一七）はフランスの音楽学者。

（16）フェルディナン・ブリュンティエール（一八四九—一九〇六）はフランスの批評家。

（17）« Comment vas-tu... yau de poêle » という風に関係のないフレーズを並べる言葉遊び。

（18）エリー・ホール（一八七三—一九三七）はフランスの医者、随想家。

（19）エリオ・ヴィットリーニ（一九〇八—一九六六）はイタリアの作家。

（20）原題は *Der wunderliche Spielmann*. 日本では「奇妙な音楽家」として親しまれている。

（21）この詩の終盤では鉄道建設の民衆の無名性が書かれている。Stéphane Mallarmé, « Conflit », in *Œuvres complètes II*, op. cit., p. 104–109.（ステファヌ・マラルメ「葛藤」松

室三郎訳、『マラルメ全集II』前掲書、五三―六一頁）

（22）シラーが三十年戦争の英雄ヴァレンシュタインを描いた三部作の戯曲を指す。日本語訳は『ヴァレンシュタイン』濱川祥枝訳、岩波文庫、二〇〇三年ほか多数。

（23）Victor Hugo, *Théâtre I*, Gallimard, 1985, p. 545. ユゴー『エルナニ』稲垣直樹訳、岩波文庫、二〇〇九年、二〇頁。老女ドニャ・ジョゼファがドアのノック音に応える台詞。「確かに忍び／階段のところだね」（同上）。

（24）Henry James, *The Figure in the Carpet* (1896) を指す。日本語訳は「じゅうたんの下絵」桂田重利訳、『ヘンリー・ジェイムズ作品集7』国書刊行会、一九八三年。

（25）Alain Badiou, « La Lyre Dure de Philippe Beck », in *Philippe Beck, Un chant objectif aujourd'hui*, Corti, 2014, p. 131–152.

（26）Marcel Proust, « A propos de « style » de Flaubert », in *Contre Sainte-Beuve*, Gallimard, 1971, p. 586–600.（マルセル・プルースト「フローベールの「文体」について」鈴木道彦訳、『フローベール全集 別巻』筑摩書房、一九六八年、三―二〇頁）

（27）「素朴なポエジーと情感的なポエジーについての本のなかで、シラーにはつぎのような一文がある。「思考そのものが詩的であり詩的なままであるだろう教訓詩はいまなお待ち望まれている」。これは未来の曖昧なヘーゲル美学の章句「厳密に言えば教訓的なポエジーはポエジーではない」への応答であるかのようだ。教訓をしめすひとは不可避的に超啓蒙的であるのか、ないしは誇張されているのか。そうではない。「最後のひとは抜け目なく、起こったことすべてを知っている。彼はそれを嘲り終えることがない。彼はまだ喧嘩するが、すぐさま和解する――さもなくば、みぞおちが痛む可能性がある」（ニーチェ）。最後のひとは文化的に閉じこもり、身を守り、閉鎖的な教訓を引き渡すのだ。にもかかわらず、「風刺を書かずにいることはむずかしい」（ユウェナリス）。ノヴァーリスの二つの章句がここでは観念の生を提示することができる。まずは「エピグラフは音楽的主題である」。それから「すべての子どもは子どもではない」」。Philippe Beck, *Poésie didactiques*, Théâtre typographique, 2001, la quatrième de couverture.

（28）André Schaeffner, *Origine des instruments de musique. Introduction ethnologique à l'histoire de la musique instrumentale*, Payot, 1936 (rééd. 1968, 1980 et 1990 aux Éditions de l'École des hautes études en sciences sociales).

（29）フランスの詩人ピエール・ド・ロンサール（一五二四―一五八五）の一五八四年の作品。きこりが破壊しているのは木ではなく樹皮の下に生きているニンフでありその血が滴っているというもの。

（30）フランスの作曲家ジャン＝バティスト・リュリ（一六三二―一六八七）は、杖で床を打って聖歌の指揮をする最中、誤って自分の足を杖で打ち、その怪我がもとで亡くなった。

（31）ブフォン論争の際にグリムが執筆したパンフレット。Melchior Friedrich Grimm, *Le Petit prophète de Boehmischbroda* (1753).

(32) フランソワ・ド・マレルブ(一五五五―一六二八)はフランスの宮廷詩人。
(33) バーニー・クラウス(一九三八―)はアメリカの音響生態学者。
(34) 『寓話』第一集第一巻のはじめに置かれた「王太子殿下へ」より。Jean de La Fontaine, « À Monseigneur le Dauphin », in *Fables*, Gallimard, 2021, p. 29.(ラ・フォンテーヌ『寓話(上)』今野一雄訳、岩波文庫、一九七二年、六七頁)
(35) 変異韻律(hétérométorie)とは、ひとつの詩作品のうちに、種類の異なる複数の韻律が用いられていることを指す。
(36) ラブレー『ガルガンチュアとパンタグリュエル』第四之書に登場する教皇崇拝族(パピマーヌ)の国。
(37) ヴェリミール・フレーブニコフ(一八八五―一九二二)はロシアの詩人。ツェランはフレーブニコフの詩をドイツ語に翻訳している。
(38) 一八七一年五月十五日付のポール・ドムニー宛の「見者の手紙」を踏まえた表現。Arthur Rimbaud, *Œuvres complètes*, Gallimard, 2009, p. 343.
(39) オーウェル『1984』にあらわれる架空の言語で、世論操作に用いられている。
(40) Philippe Beck, *Contre un Boileau : Un art poétique*, Fayard, 2015, p. 445.

訳者ノート

高山花子

本書は、ジャック・ランシエール（一九四〇—）にとっては、『マラルメ——セイレーンの政治学』（*Mallarmé. La politique de la sirène*, 1996）につづく二冊目の詩人論である。ランシエールの詩論として、本書が特筆に値するのは、現代詩人のモノグラフィになっていることだろう。過去の詩人の詩行という畝を掘り下げるように、レコードの針が溝をたどって音楽を再生するように、フィリップ・ベックが書き直した詩。その詩を読む。そのような読む行為そのものも、詩の畝を辿り、新たに刻み、失われた歌を再生することにつながる——そのような読解が凝縮されている。

＊

ランシエールは、アルジェリア生まれのフランスの哲学者である。一九六九年から二〇〇〇年まで、パリ第八大学で哲学教員をつとめ、現在は名誉教授になっている。ジル・ドゥルーズや、ジャック・デリダの後の世代で、アラン・バディウといった面々とともに、国際的に知られる戦後フランス思想を代表する一人である。高等師範学校（ENS）では、マルクス研究のルイ・アルチュセールのもとで学び、早い時期に『資本論を読む』（*Lire le Capital*, 1965）を彼と共著している。その後、一九六八年の五月革命を受けてヴァンセンヌに新設されたパリ第八大学にフーコーによって招聘され、哲学教員としてのキャリアを開始した。当時の混乱期に、授業や研究の裁量を自由にあたえられたランシエールは、十九世紀の労働者階級の人びとが記した文書にかんするアーカイヴ調査を行う道を選んだ。それは最初の単著『プロレタリアの夜──労働者の夢のアーカイヴ』（*La nuit des prolétaire. Archive du rêve ouvrier*, 1981）に結実している。教え子だったアラン・フォールとの共編『労働者の言葉』（*La parole ouvrière*, 1976）もまた、その頃の資料調査にもとづくものである。十九世紀の革命期の労働者の残した文書を探索してゆく地道な仕事は、フーコーにもつうじるように、名もなき人びとの生の軌跡に迫り、その個別性に近付いてゆこうとする彼の実直な態度を示している。

そうしたランシエールの現在に至るまでの仕事は、多作であるのはもちろんのこと、一言では汲み尽くしきれない多様性というか、禍々しい物量を湛えている。おそらく日本語圏では、『感性的なもののパルタージュ──美学と政治』（*Le partage du sensible. Esthétique et politique*, 2000）において、政治とはどのようなものが目に見えたり聞こえたりするのかという感性を分割するものだという明快な主題を打ち出したことがよく知られているだろう。また『無知な教師――知性の解放について』（*Le maître ignorant. Cinq leçons sur l'émancipation intellectuelle*, 1987）では、教師に教えられることなしに学ぶ可能性が貧しい民衆の立場から提示され、新たな教育論としていまなお読者を獲得しつづけている。一九九〇年代に入ってから出版された『不和あるいは了解なき了解――政治の哲学は可能か』（*La mésentente. Politique et philosophie*, 1995）において、ランシエールは、アリストテレス以来の哲学の系譜を批判的に再読することによって、政治と政治的なものの区別を提唱している。声があるものと声がないものとの分割線を引くことこそが政治なのだという同書の主張はよく知られているだろう。政治とは感性的なものの分割＝パルタージュの再編だという繰り返されるテーゼである。そしてそうした政治思想、民主主義論とともに、ランシエールにかんして見逃せないのは、文字どおり、縦横無尽に歴史、哲学、文学、美術、演劇と諸ジャンルをまたがる思考を展開していることである。ヘイドン・ホワイトが英語版に序文をつけている『歴史の名』（*Les noms de l'histoire*, 1992 ; *The Names of History*, 1994）が国際哲学コレージュでの講義だけでなく、コーネル大学での講演と連続講義にもとづいているように、一九八〇年代後半から、英語圏で歴史研究の文脈で着目された背景が彼の国際的な知名度の高まりと連動しているが、日本国内では『イメージの運命』（*Le destin des images*, 2003）や『解放された観客』（*Le spectateur émancipé*, 2008）といった芸術にかんする書籍がよく読まれているように、映画や近代絵画はもちろん、コンテンポラリー・アートへの旺盛な応答は著しい。最近、邦訳が出版されたばかりの『文学の政治』(*Politique de la littérature*, 2007) に象徴されるように、作家や文学作品への言及も広範で、いったいランシエールは何者なのか、その博覧強記を支えるものはなんなのか、たとえば強固な理論が背景に構築されているのではないかと、読者に思わせるなにかがある。

しかし、ランシエールはあるとき、執筆スタイルが既存のアカデミアの方法論のいずれにも分類できないことを問われた際、興味深い受け答えをしている。いわく、方法論 (discipline) や手法 (method) などというものはないというのである。「非常に長いあいだ、歴史家はわたしを哲学者だと思い、哲学者はわたしを歴史家だと思い、そのどちらも、わたしが歴史学の手法あるいは哲学の手法を持っていないと考えていました。わたしのポイントは、そのような歴史学の手法や哲学の手法などはないというものです。あるのは人間の脳だけで、人間の考える能力だけであり、そしてその能力は誰しもに共有されているということです」(1) とその平等の思想の根幹を明かしている。たとえばあるときから映画を論じはじめたように見えるが、映画は元々大好きで、一九六〇年代から観ていたのが、たまたま書く機会が生まれたのだという。本人は、映画を論じる手法を研ぎ澄ませたり提示したりしようとしているわけではないのである。本人はいつも啓蒙期のカントやシラーを軸としていることはたしかだろうが、本人の中にはそれとは別の、手法とは異なる一貫性があるのだ。

これは、ランシエール自身が、自分は「理論（théorie）」を作ることには関心がないのだと折に触れて明言していることと通じている。最近出版された対話記録『イメージの仕事――アンドレア・ソト・カルデロンとの会話』（*Le travail des images. Conversations avec Andrea Soto Calderón*, 2019）において、どのようにすればよりよくあなたのアプローチを理解できるだろうかと問われたランシエールは、「わたしは一度も、イメージについての理論、ないし諸々のイメージについての理論をつくろうとしたことはありませんし、同様に、政治であれ、なんであれ、理論をつくろうとしたことは一度もありません」(2)と開口一番、答えていた。そして今回訳出した『詩の畝――フィリップ・ベックを読みながら』の序文でも、真っ先に、「読者はここに、誰か個別の詩人に応用可能なポエジーの概論（une théorie générale）を見つけることはないでしょう」(3)

（1）Abraham Geil and Jacques Rancière, "Writing, Repetition, Displacement: An Interview with Jacques Rancière", *NOVEL: A Forum on Fiction*, Summer 2014, Vol. 47, No. 2, Jacques Rancière and the Novel, Duke University Press, 2014, p. 303–304.

（2）Jacques Rancière, *Le travail des images. Conversations avec Andrea Soto Calderón*, 2019, p. 33.

（3）本書、一頁。Jacques Rancière, *Le sillon du poème. En lisant Philippe Beck*, Nous, 2016, p. 7.

と釘が刺されている。本書がランシエールの形容しがたい道のりをたどるためのヒントをあたえてくれるのは、方法や理論を構築することではなく、諸々の単独性（singularités）にこそ関心があるのだと明言されている点である。この場合、それはフィリップ・ベックという現代詩人のポエジーの単独性である。

したがって、『詩の畝』は、もちろん『マラルメ』や『文学の政治』、『言葉の肉』（*La chair des mots. Politiques de l'écriture*, 1998）といったランシエールの文学論に連なる十、中でも詩論のひとつに数えられるいっぽう、モノグラフィという形態からして、ある作家、作品に一心に向かっていくランシエールの本領が発揮されている一冊である。その点では、十九世紀のルーヴェン大学の教師ジョゼフ・ジャコトに思考を向けていた『無知な教師』や、最近の著作でいうとハンガリーの映画監督タル・ベーラに捧げた『タル・ベーラ——以後の時』（*Béla Tarr, le temps d'après*, 2012）にも連なっている。ランシエールの態度として、着目に値するのは、あるひとつの時（temps）、時間性（temporalité）に集中してゆく点である。最近では、発言集『不名誉な三十年——政治的舞台』（*Les trente inglorieuses. Scènes politiques 1991–2021*, 2022）や論集『アートの旅』（*Les voyages de l'art*, 2023）が新たに刊行されているが、目の前のいくつもの異なる状況、作品に対する生き生きとした言葉が素早く生み出されるのは、五月革命の際の労働争議や、革命期の無名の労働者の一人ひとりの言葉をエクリチュールという行為として読み取った手つきから地続きになっている。

そして今回、フィリップ・ベックをめぐって、ランシエールは、彼のポエジーの諸々の単独性(singularités)にこそ関心があるのだと繰り返し述べ、対象を論じる学者としてではなく、あくまでもひとりの読者としてフィリップ・ベックを読み、自分が対峙する作家と作品世界の単独性に、もてるものすべてを駆使して、近づこうとしているのである。

*

それでは、フィリップ・ベックとは誰なのか。フィリップ・ベック(一九六二―)は、現在、ナント大学で美学を教える哲学者にして詩人である。一九九四年に、ENSで、ジャック・デリダの指導のもと、論文「十八世紀と十九世紀の転換点における、哲学視点からの、歴史と想像力――ドイツの前ロマン主義(モーリッツ)とイギリスのポスト・カント主義(コールリッジ)における出来事と形象(Histoire et imagination, au point de vue philosophique, à la charnière des XVIIIᵉ et XIXᵉ siècles. Evènement et figure dans le pré-romantisme allemand (Moritz) et le post-kantisme anglais (Coleridge))」を提出して博士号を取得している。本書において、ランシエールが幾とおりにも分析しているように、ロマン主義の時代の教訓詩に「ならって＝のあとで＝以後に(d'après)」、独自に句またぎを多用した、一行当たりの単語数のすくない詩を多作している。本書で具体的に読み込まれている『教訓的ポエジー』(*Poésies didactiques*, 2001)、『いくらかの自然のなかで』(*Dans de la nature*, 2003)、『民謡《ポピュラー・ソング》』(*Chants populaires*, 2007)、『竪琴』(*Lyre Dure*, 2009)といった詩集のほか、詩論的散文として『あるボワローに抗して』(*Contre un Boileau*, 1999)、『ベック、非人称——ジェラール・テシエとの出会い』(*Beck, l'Impersonnage. Rencontre avec Gérard Tessier*, 2006)など、旺盛に執筆活動がつづけられている。直近でも新たに詩集『*Ryrkaïpii*』(2023)や対談集『別の明るさ——1997–2022対談集』(*Une autre clarité. Entretiens 1997–2022*, 2023)を上梓している。日本ではあまり知られていないが、早い段階でジャン＝リュック・ナンシーをはじめとする哲学者たちが、その詩学と哲学の混淆した文体に着目している。(4) ランシエールが読み解くように、そして例示される作品「音楽」や「叫び」からわかるように、グリム童話のような先行作品にもとづいて、きわめて簡素な、非定型でありながら韻律をたもつ詩作品に鋳直されている。その本のジャンルをしめすために表紙に描かれる単語が、ベックの場合は、文学ジャンルとしての詩を指し示す「ポエジー」(poésie)」となっており、「ポエジー」の観念そのものを問い直しながら、個別の作品としての「詩」(poème)」を制作するベックの書き直し＝再エクリチュールの手つきが、本書では、もともとのテクストを凝結したり、圧縮したり、凍結したり、解氷するような、現実世界の物理現象に即した言葉で、ランシエールによって読み解かれてゆく。

原書の裏表紙の跋文にはこう書かれている。

「音楽は示す獣《けだもの》である。／素材の告白であり、／驚いた事物のあいだで口ごもる」。／往復運動が通常の言語作用の質料をかき乱し、古い歌の凍った言葉《パロール》をよみがえらせる、この詩の音楽的な畝をどのように考えることができるだろうか。フィリップ・ベックは執拗に、過去の詩を書き直しては変容し、失われたジャンルを再び生き生きとさせ、民話の散文、さらには詩について注釈する散文さえも詩にする。彼は同時に、シラーの時代とヘーゲルの時代のあいだに、以後《アプレ》のポエジー、すなわちもはやなにも自然には詩的ではない時代のポエジーを思考し実践しようとしていた人びとの問いかけと企てを目覚めさせる。かくして線引きされた畝についての考察は、研究対象として詩を取りあげながらみずからを進めてゆけるだけではない。それはこうした詩がつくろうとしていることと、それらを支える

(4) ベックにかんする貴重な日本語資料として、『多様体』第四号（月曜社、二〇二一年）の「小特集　フィリップ・ベック」（七五―一一一頁）がある。粟脇永翔氏によって訳出された「詩五篇」のほか、粟脇氏によるテクスト「フィリップ・ベックとともに」、ならびに「フィリップ・ベックとの対話」が掲載されている。対話のフランス語原文は以下に収録されている。Philippe Beck, « Entretien avec un ami japonais », *Une autre clarté. Entretiens 1997–2022*, Les Bruits du temps, 2023, p. 377–387. ぜひ参照されたい。

ポエジーをめぐる観念についての対話を前提としている。このフィリップ・ベックについての本は、したがって、彼とともにつくられた本でもある。

本書は、はしがきのあと、四部に分かれており、最初の「超越論的な屠牛儀式《ブフォニア》についてのノート」は、二〇〇二年一二月に刊行された雑誌『特異的なもの（*Il particole*）』のベック特集号へ寄稿した原稿の再録である。二番目の「ポエジーから詩へ」は、二〇一三年夏にスリジー・ラ・サルで行われたコロックでのランシエールの発表原稿にもとづいている。三番目の「ディスカッション」は、同コロックでの発表直後のディスカッションの記録である。その場にはベック本人がいたため、大半はランシエールとベックの応酬になっている。四番目の「フィリップ・ベックとの対話」は、コロック終了後、書面で交わされた両者のやり取りである。したがって、本書一冊のうちに、異なる状況に応じて紡がれた異なる性質のランシエールの言葉が味わえるようになっており、同時に、ベックの言葉もふんだんに読めるといってよい。跋文にわかりやすくまとめられているように、中心的に検討されてゆくのは、自然が生じたあとに、いったいなにを付け加えることができるのかという、シラーの情感文学と素朴文学の区別を受けての今日のポエジーの実践可能性である。

＊

ランシエールにとって、キャリアの初期から詩が特別なものになっていることは知られている。一九七五年から一九八一年にランシエールが参加していた雑誌『理にかなった反抗《レヴォルト・ロジック》』は、そのタイトルがランボーの『イリュミナシオン』所収の詩「民主主義」に由来する。同誌の裏表紙にエピグラフのごとくいつも掲げられていたのは、ほかでもないこの「民主主義」だった。

《国旗はけがらわしい風景にふさわしく、そして俺たちのお国訛りは太鼓の音をかき消すのさ。

《街の中心で、俺たちは最も恥知らずな売春をはびこらせる。俺たちは理にかなった反抗をめちゃくちゃにしてやる（Nous massacrerons les révoltes logiques）。

《胡椒まみれの、水浸しの国々へ！――産業的または軍事的な最もおぞましい搾取に仕えるためだ。

《ここでさようなら、別にどこだっていいけど。意欲溢れる新米兵士の俺たちは、獰猛な哲学をもつだろう（nous aurons la philosophie féroce）。科学については無知蒙昧、安楽についてはしたたかだ。こんな世界はくたばっちまえ。これがほんとうの行軍だ。前へ進め、

出発！[5]》

おそらくは本当にランボーの言うところの「獰猛な哲学（la philosophie féroce）」を実装すべく、たえず書き、編集し、議論を重ねていた若かりし頃のランシエールの激しい季節が伝わってくるかのようである。したがって、一九九八年に出版された『言葉の肉』原書の第一部「詩の政治」において、ランシエールがランボーを取り上げているのは、当然のことである。ランシエールは、ランボーの詩について、「声と身体の一致を先取りするいち早い実践にほかならない[6]」と書き、マラルメが「詩の危機」で言葉が現実から分離して観念をわがものとする事象を語っているのに対して、ランボーの詩はそうではなく、どの言語にもあてはまる詩を創造したと語っている。そして、「「民主主義」は、虐殺された、理にかなった反抗《レヴォルト・ロジック》の詩、太鼓《ドラム》の音を掻き消すお国訛りについての詩である。そこで詩のイディオムが失われる詩である[7]」とし、マラルメとは異なり、アヴァン・ギャルドと訣別したポエジーをランボーにみてとっていた。

それでは、モノグラフィである『マラルメ』において、マラルメというこの詩人がどのように語られていたかというと、ランシエールは、難解とされるマラルメの詩の「神秘」に実直に接近しつつ、たとえば「詩人と大衆のあいだの来るべきあらゆる関係は、昼と夜という通常のサイクル、労働と黄金〔報酬〕との通常の交換から詩人の使命を逃れさせる決定的な分離の作用を受けている」[8]として、ロマン主義以降のポエジーないしヘーゲルの思考と結びつけながら、「彼は詩を未来の宗教に変える。しかし彼は同時に、この宗教に対してあらゆる具現化と、詩を保証するあらゆる身体、つまり、詩が表象する主体〔詩人〕あるいは詩が活気づける共同体の身体を拒否する」[9]というふうに、パラドクスのなかで実現された身体と観念の双方である次元をたしかめていた。なおかつ、それは「文学」の開始を告げるフローベールが、「自分たちが何を作っているのか自覚していなかったこれら詩人＝世界の作品を意図的に再創造する」[10]と

（5）A・ランボー『ランボー全詩集』鈴木創士訳、河出書房新社、二〇一五年、一五四頁。Rimbaud, *Œuvres complètes*, Gallimard, 2009, p. 314.

（6）ジャック・ランシエール『言葉の肉——エクリチュールの政治』芳川泰久監訳、堀千晶、西脇雅彦、福山智訳、せりか書房、二〇一三年、二九四頁。Jacques Rancière, *La chair des mots. Politiques de l'écriture*, Galilée, 1998, p. 64.

（7）同上、三二六頁。*Ibid.*, p. 83. 訳文を変更している。

（8）ジャック・ランシエール『マラルメ——セイレーンの政治学』坂巻康司、森本淳生訳、水声社、二〇一四年、八八頁。Jacques Rancière, *Mallarmé. La politique de la sirène*, Hachette, 1998, p. 63.

（9）同上、一四〇頁。*Ibid.*, p. 105.

いう、まさしく貴族主義的なものと、対する主題の平等性という政治を二つとも拒絶した詩人として、マラルメを提示していた。すると今回、一冊に編まれたベックにかんする本書がおもしろいのは、こうした詩について語るための枠組みがところどころ散見されつつも、まったく別の、現代詩人の個別の詩に読解が施されていることである。

「超越論的な屠牛儀式《ブフォニア》についてのノート」では、フィリップ・ベックがシュレーゲル兄弟による教訓的ポエジーの試み、すなわちウェルギリス以来の民衆への教育を意図した観念を借り受けて、さらに改変し、おなじく教訓詩をうたいながら、詩人のための詩を書いているのだと、濃縮された文体で語られている。自然がすでに生じてしまっている以上、すべては「事後的＝以後の＝なにかに倣《なら》った」ポエジーになる。するとポエジーの新たな仕事は、ある意味では、読解的なものになる。つまりすでに言われ、書かれたことについて、言い直し、語り直すための言葉を発明することである。それは、原初の事物に立ち返るようなものではなく、言葉と物とが一致していた頃の言葉を取り戻そうとするようなものではけっしてない。そうではなく、あくまでも「膨張させられ、比較校訂され、注釈され、解釈され、パロディ化された詩」だというのである。それは新たに純粋な意味を言葉に与えるのではなく、「新たな結合と軋轢の言葉」の創造である。本のタイトルにも採用されている「畝」とは、端的に、先行する詩人たちによる詩行を指し示す。たとえばマラルメの詩句＝韻文（vers）があり、それがページ上で改行される詩行の畝のことである。その先行する既存の畝にのっとって、さらにいまここで畝を掘るような所作が、ベックのそれだというのである。だからここで畝とは、詩行でもあり、詩作するひとが畑に穿つ畝そのものも意味している。マラルメの『最新流行』にならったベックの『家族の最新流行』（*Dernière mode familiale*, 2000）収録の「牛耕節（Les boustrophes）」が中心的に論じられており、そこにはつぎのような表現もあって、詩行の vers が道と重ねられていることがよくわかる。

犂耕体（boustrophédon）、句またぎの学芸欄
そして牛の畝
しかしまたそれぞれの投擲あるいは詩句（砕かれた
ガラス）の最後の言葉の
谺の控えめな保持。
韻を踏まない〈Stop〉が韻を踏む。[11]

（10）同上、一四二頁。*Ibid.*, p. 106.
（11）Philippe Beck, *Dernière mode familiale*, Flammarion, 2000, p. 155.

またおなじく参照されている『教訓的ポエジー』収録の三十七番目の詩「牛の犠牲」の抄訳も掲げておく。

あるいは屠牛儀式《ブフォニア》。
超越論的な。
ひとが牛と呼ぶのは
恣意性あるいは自発性
による牛とは別のもの
創作屋は間隔を空ける
崩れ落ちる、崩れ落ちる水平線によって。
かれは自分を捨てる　自己の
不可能な道具というひとつの生に
畝を刻みながら。
詩句を耕すこと
あるいは詩句を掘り起こすことを望みながら。
永遠の位相のもとでは

しかしなにも詩句ではない。
穿つ
身体の解釈の
歴史に転回（versure）は属する。(12)

フランス語で詩句を意味する名詞versは、ラテン語versusに由来し、方向を変えるという、改行＝転回から、韻文の詩句をさす。「うめき声」や「音楽」とおなじく、すぐさま改行がなされ、軽やかに言葉が進んでゆくのがよくわかる。この「牛の犠牲」を読んで、ただちに想起されるのは、ステファヌ・マラルメの詩篇「ためいき（Soupir）」だろう。「私の魂は、おお静かな妹よ、［…］君の額の方へむかって（vers）［…］立ち昇る」と歌いはじめられる十二音綴《アレクサンドラン》のこの詩の最後には、« Des feuilles erre au vent et creuse un froid sillon, / Se traîner le soleil jaune d'un long rayon » という二行があり、「畝（sillon）」とは池に落ちた枯葉が風に漂い水面に刻む冷ややかな軌跡＝「水脈《みお》」であり、さらにその「畝」を太陽の光がなぞってゆくという二重の運動が書き込まれているとわかる。(13) マラルメのこの詩は、数奇なことに、クロード・ドビュッ

(12) Philippe Beck, *Poésies didactiques*, Théâtre Typographique, 2001, p. 107.

シーとモーリス・ラヴェルの双方が、期せずして同時期に作曲していた同名の歌曲「ステファヌ・マラルメの三つの詩」の第一曲目に採用しているものである。この事実は、「ためいき」が声楽的な歌となる潜在性を高く孕んでいることの証左だろうし、ベックがこの詩を受けて書き直しを行なっていることはまた、ベックの音楽への感度の高さを証立ててもいるだろう。もちろん、フランス語のsillonは、レコードの溝も指し示す。針によって音の記録を刻まれた音盤＝レコードの溝に、再生機の針が置かれ、その溝をたどることで過去の音が再生される。もちろんベックはこれを意識しているだろう。過去に刻まれた響きの畝をもう一度穿ちながらなぞることで、いま新たに音楽を奏でること。そのようなレコードの仕組みが鋳込まれていることもまた十全に汲み取るかたちで、ランシエールは読解を施している。

それでは、ほかに具体的に、ベックはどのように、詩の畝をなぞりながら掘り下げているというのだろうか。その姿が解きほぐされるのが、スリジー・ラ・サルでの二〇一三年の講演記録「ポエジーから詩へ」である。話すことを意識して書かれているためだろう、ランシエールの思考の道筋がだいぶ理解しやすいものになっている。ランシエールは、ベックの根底に、ポエジーに先行する詩学があるとするシラーの存在感が強いことを指摘しつつ、その単独性が、制作＝行動になっており、じっさいに詩行が歩行の道、行為になっているのだとして、ベックがグリム童話にならって制作した「音楽」と「うめき声」という二つの詩を仔細に分析する。詳しくは本文に書かれているとおり、たとえば「音楽」にかんしては、もともとの童話において森のきこりと出会う音楽家はイニシャルのみのMとされ、童話の筋書きが極めて簡潔に短くされている。それが脱水であり、省略であり、要約なのだという。だからベックによって書き直された新たなる教訓詩、民謡＝ポピュラーソングの「歌は簡略化し、そして付け加える」のである。さらに、詩中の歩行者の脚は、詩行そのものが制作されながら、畝り、改行され、詩の脚として、運動してゆく現実の行為と等しく読み解かれる。「うめき声」では、簡略化だけでなく、圧力の隠喩があると指摘される。「詩を操作し、そのなかで圧力をかける世界に依存している機械のようなものが詩なのだ」というのは、まさしくポエジーに先行する詩学という定式と通じあうかたちで、自分が製造産物でありながら、製造所を動かす圧力であるために、

（13）Stéphane Mallarmé, *Œuvres complètes I*, Gallimard, 1998, p. 15–16. ステファヌ・マラルメ「ためいき」松村三郎訳、松村三郎、菅野昭正、清水徹、阿部良雄、渡辺守章編『マラルメ全集I　詩・イジチュール』筑摩書房、二〇一〇年、四〇―四一頁。「浮かぶ落葉の褐色の苦悩が　風にただよい／冷たい水脈《みお》をひきつつ動く　淀んだ池水の上に／ながながと黄色い太陽の光線が這《は》うにまかせる。」と訳されている。

製造されていないものを作り出すことをできるのだという機械的な観念が示され、先の脱水のイメージがさらに今度は、水蒸気の過剰さというポンプのイメージにつながれ、さらには、織物に編み込まれた無言のメッセージという隠された詩の力能の存在につながってゆく。

講演の最後、ランシエールは、ベックの詩のポエジーが、言語と思考をかき乱しながら、新たな思考を発明する勇気なのだとし、そこにベックの単独性の勇気があるのだと結んでいる。はじまりで宣言された、あくまでもポエジーの単独性に向かってゆくのだという趣旨が、綺麗に円環的に閉じられている。ここで自己を単なる読者と定義していることが、本書の副題のひとつの由来になっているとわかる。

つづくディスカッションでは、哲学と詩学にとっての制作、フローベールの散文、思考そのものが詩的であること、ヘーゲル美学との関連、非人間的なもの、斧と琴の半諧音、句またぎをめぐって、自由なやり取りが残されている。お互いの齟齬や、挑発や、記憶違いもそのままになっており、雰囲気が伝わってくるのではないかと思う。『マラルメ』がオデオン座で開催されたバディウやラクー＝ラバルトとの対談と同期していたように、今回のベックについての筆致も、同時代の交流が根底にあったことは見逃せないだろう。

二〇一三年八月二十六日から九月二日まで開催されたこの国際コロック「フィリップ・ベッ

ク、今日の客観的な歌」の記録を読むと、その時点で出ていたベックの作品、著作、さらには未発表原稿、音源も含めて、参加者の多くが、作品に具体的に触れるかたちで、言葉を生き生きと紡いでいたことがわかる。そして開会の辞で、ジェラール・テシエは、本来であればコロックの中心にいるはずが、前年の冬に急逝したジャン・ボラックへ追悼を捧げつつ、彼の言葉を受けて、「読む（lire）」ということが、世界に詩的に存在することなのだという本質を述べていた。ベックにとって、詩行のあいだで読むことは、読みながらその畝を新たに穿ち、書き直す操作、歩みと結ばれているということである。本書の副題に採用されている「読みながら（en lisant）」という言葉は、ボラックの指摘を受けての「読む（lire）」ことの本質的実践にもなっているのだろう。読者もまた、詩行を読みながら、詩の畝を歩き、その溝を辿り、穿ち、音楽を再生する。ランシエールもまた、そのような一読者なのである。

そして最後の「フィリップ・ベックとの対話」では、散文における潜在的なポエジーの覚醒、そして失われた諸ジャンルの復興が、再‐神話化でありながら、具体的にどのような操作となっているのかに焦点が当てられる。ラブレーにも遡るかたちで、すべてのエクリチュールは再び書かれたもの＝再エクリチュールであるということが、言葉を凍らせたり、その氷を解かしたりするような操作が圧縮とは異なるのだというように、縦横無尽に語られてゆく。けっきょくのところどのような詩の実践が現在において可能なのか、まるでヘーゲルさえもそこまで遠い時代の人ではないかのように、ロマン主義の問題意識が自分ごととして、生き生きと語られている。韻文と散文、小説と詩といった形式とジャンルをめぐる議論が、理論では到底とらえきれない現実が露呈している点も興味深い。

ランシエールは、むかしから、singulierという形容詞をよく使い、singularitéという名詞もまた用いている。今回、この単語については、基本的に単独的、単独性と訳出した。特別とか特異であるというよりも、他にかわりがない、代替不可能な、かけがえのないものであるというニュアンスが強いことを汲んで、そのようにルビをふってある。これは散文的というよりは平凡であると理解される形容詞prosaïqueと対をなしているので、こちらには「ありきたり」とルビをふった。こちらは特異性がないというよりも、替えがきくというニュアンスが込められているように思われ、そのように訳出した。ランシエールには、なるほど、理論や方法を打ち立てる意図はないといえ、たしかに明白なフレームワークが繰り返し用いられている。しかしながら、ランシエールがそのようであるのは結果的なものであり、そのたびごとに向かってゆく一人の人、作品、制作が、けっして理論などで説明しきれるようなものではなく、文字どおり、かけがえのないものなのだという意識に強烈に貫かれていることが、本書からは十全に伝わってくるだろう。

その後も続々と新作を発表しているベックの詩については、おそらくこれからさらに紹介される機会があると期待される。ぜひ実際の作品を読んで、そして聞いていただきたい。コロックでバディウが主に論じた『竪琴』(*Lyre Dure*, 2009) ——Lyre dure《リーデュー》は、Lire dure《リーデュー》、すなわち「読むことはつづく」とも聞こえる——には朗読CDが付されていたり、あるいはスリジーのコロックにおいて音楽家ジェラール・ペッソンがベックの詩にもとづき作曲した「語彙の雲(Nuages du lexique)」を紹介していたりするように、現実で演奏される曲を想定した音楽性、歌としての詩が志向されている点は、端々から読み取れる。だから本書のタイトルがLe sillon du poème enlisant Philippe Beck——フィリップ・ベックを進ませない詩の畝——とも聞こえることは偶然ではないだろう。ランシエールについては、視覚芸術を対象とする頻度が高いと思われながら、聴覚的主題への関心はずっとつづいており、直近では「音楽という言葉が意味するもの」と題した講演でベートーヴェンをはじめとする音楽に言及をしており、[14] あらためてベックを読みながら、ランシエールとともに思考を進めてゆくことで、もっとひろく、現代のポエジーとその実践に、朗読と聴取、記録と再生の観点から新たな光を当て、音楽的な言葉を紡ぎきっか

---

(14) Jacques Rancière, « Ce que dit le mot musique », *Les Voyages de l'art*, Seuil, 2023, p. 51–75.

けが生まれるのではないだろうか。

書誌情報は以下のとおり。

「超越論的な屠牛儀式《ブフォニア》についてのノート」——Jacques Rancière, « Notes sur la bouphonie transcendantale », *Il Particolare*, 2002, p. 9–19.

「ポエジーから詩へ」——Jacques Rancière, « De la poésie au poème », *Philippe Beck, Un chant objectif aujourd'hui*, Corti, 2014, p. 231–263.

「ディスカッション」——Philippe Beck, « La fable de maintenant », *Une autre clarté. Entretiens 1997–2022*, Les Bruits du temps, 2023, p. 232–253.

「フィリップ・ベックとの対話」——初出

本書の翻訳企画が動きはじめたのは、二〇二〇年秋に遡る。むかし、ランシエールを囲んだコロックで知り合った西山雄二氏から、物語と音楽性をテーマにしているということで、わたしを本書の訳者として推薦いただいた経緯がある。実際、本書はもちろん、スリジーでのベックをめぐるコロックの記録論集も手元にあったため、西山氏の差配にはあらためて感謝したい。しかしあまりにも難しく、相当に時間がかかってしまった。途中、ランシエール独特のフランス語の訳出にかんして、堀千晶氏には、かけがえのない数々の貴重な助言をいただいた。堀氏のおかげで、このままでは到底日本語にならないとわかり、自分で自分の訳文を何度も打ち砕く勇気を得た。記して感謝したい。法政大学出版局の高橋浩貴氏には、抽象的な議論がつづく訳稿に丁寧にお目通しをいただき、読みやすくなるよう、改善のための提案を最後まで惜しみなくいただいた。心から感謝申し上げる。英訳 *The Groove of the Poem. Reading Philippe Beck*, Translated by Drew S. Burk, Univocal, 2016 が大きな手助けとなったことも記しておく。また、ランシエールの既訳があることが、どれほど支えになったかわからない。これまでランシエールを日本語に訳してくださったすべての訳者の方々に、この場を借りて厚く御礼を申し上げたい。

刊行の目処が経った段階で、パリ第八大学留学中にお世話になったブリュノ・クレマン氏に相談し、ランシエール氏に直接ご報告のメールを差し上げたところ、ご本人から優しいお返事を頂戴した。近刊はチェーホフのヌーヴェル論とのことで、いまから待ち遠しい。

フランス語が難解とはいえ、ランシエールの思考じたいは明快であり、明快でない箇所があるならば、すべて訳者の責任である。わずかでもランシエールの思考の瑞々しさと、ベックを読む愉しさが伝われればと願うばかりである。

二〇二四年六月　東京にて

Daisy the Great & AJR « Record Player » を聞きながら

《叢書・ウニベルシタス 1175》
詩の畝　フィリップ・ベックを読みながら

2024年7月25日　初版第１刷発行

ジャック・ランシエール
髙山花子 訳
発行所　一般財団法人　法政大学出版局
〒102-0071 東京都千代田区富士見2-17-1
電話 03(5214)5540　振替 00160-6-95814
組版：HUP　印刷：日経印刷　製本：積信堂

Printed in Japan
ISBN978-4-588-01175-7

著　者

ジャック・ランシエール（Jacques Rancière）
1940年、アルジェに生まれる。パリ第8大学哲学科名誉教授。1965年、師のL. アルチュセールによる編著『資本論を読む』に参加するが、やがて決別。1975年から85年まで、J. ボレイユ、A. ファルジュ、G. フレスらとともに、雑誌『論理的叛乱』を牽引。現在に至るまで、労働者の解放や知性の平等を主題に、政治と芸術をめぐる独自の哲学を展開している。日本語訳に『不和あるいは了解なき了解——政治の哲学は可能か』（インスクリプト、2005年）、『民主主義への憎悪』（同、2008年）、『感性的なもののパルタージュ——美学と政治』（法政大学出版局、2009年）、『無知な教師——知性の解放について』（同、2011年）、『解放された観客』（同、2013年）、『イメージの運命』（平凡社、2010年）、『言葉の肉——エクリチュールの政治』（せりか書房、2013年）、『アルチュセールの教え』（航思社、2013年）、『平等の方法』（同、2014年）、『哲学者とその貧者たち』（同、2019年）、『マラルメ——セイレーンの政治学』（水声社、2014年）、『文学の政治』（同、2023年）などがある。

訳　者

髙山花子（タカヤマ・ハナコ）
1987年生まれ。博士（学術）。専門はフランス思想。現在、東京大学東アジア藝文書院（EAA）特任講師。著書に『モーリス・ブランショ——レシの思想』（水声社）、『鳥の歌、テクストの森』（春秋社）、共訳書にモーリス・ブランショ『文学時評1941–1944』（水声社）がある。